ＪＫ

JN092017

松岡圭祐

角川文庫
23183

目次

窮鼠《きゅうそ》は学ぶ。逆境が師となる。

――ジョアキム・カランブー（Joachim Karembeu 1922―2004）

1

川崎《かわさき》市立縣野《かけの》高校の放課後、一年C組の窓辺の席で、植村和真《うえむらかずま》は外を眺めていた。校舎の二階から見下ろすグラウンドに、柔らかい春の陽射しが降り注ぐ。部活と下校の生徒が半々だった。なかにはどちらでもない、戯れるだけの女子や男子たちもいる。

そんななか、制服姿の女子のグループに、どうしても目の離せない存在があった。一年B組の有坂紗奈《ありさかさな》。小顔で肩までかかるナチュラルボブの髪、すらりと長い腕と脚。目がつぶらで大きく、いつも笑顔の印象がある。見かけるのはたいてい屋外だが、輝くような色白の肌が保たれている。日焼け止めクリームを丹念に塗りこんでいるのかもしれない。

紗奈は活発な性格で友達も多いが、本当に親しいのは女子の数人だけのようだ。誰とでも分け隔てなく話せる陽キャだが、じつは孤独なのだろう。

有坂紗奈という名を知ったのは少し前、やはり授業の合間の休み時間だった。植村は廊下で不良グループに絡まれてしまった。廊下のロッカーを開け、体育着を取りだそうとしていたとき、唐突に因縁を付けられた。通行の邪魔になったという理由だった。

不良といってもこの界隈《かいわい》では、完全な暴力団予備軍、チンピラの類《たぐ》いになる。傷害事件を起こし、停学や退学処分を受ける男子生徒も少なくない。制服の下にタトゥーが入っている輩《やから》もいるが、教師は見て見ぬふりをしている。不良は二年あたりから暴走族に加わる。将来はヤクザになるか、捕まるか、まともに生きるとしても職人かラッパー。しかもずっと地元に暮らしつづける。

絡んできた不良らには上級生も交じっていた。植村は逆らえず、ただ立ちすくむしかなかった。いきなり胸倉をつかまれた。思わず恐怖で縮みあがった。

しかしそのとき、紗奈がまるでクラスメイトも同然の口調で、あっさりと話しかけてきた。「一Cは体育館でしょ。マットの準備、集まりが遅いって亀井《かめい》先生がいってた」

植村をうながすようなひとことだったが、じつは助け船だと気づいた。亀井は生活指導を兼ねる体育教師だ。名を口にするだけでも、不良たちに一瞬の躊躇《ちゅうちょ》を生じさせる。

胸倉をつかむ手の握力が緩み、植村は難を逃れた。紗奈と目が合う。そそくさとその場から退散した。

不良らは呆気《あっけ》にとられたようすで見送った。亀井に本気でびびったわけではないだろう。ただ紗奈が自然に植村に声をかけたため、なんとなく手を放してしまった、そんな成り行きのようだ。

植村が階段を駆け下りると、紗奈が歩調を合わせてきた。「ありがとう」

礼をいうならいましかない。植村はささやいた。

紗奈は微笑した。「植村君だよね？　職員室の廊下に貼ってある水彩画、すごくきれい」

美術部の入部時の課題に描いた水彩画だ。多摩《たま》川の河川敷の風景。植村は驚いた。

「ありがとう……」

「木立の着彩、グリザイユ画法だよね？　影を先につけてく……」

「きみも絵を描くの？　ええと……」

「一Bの有坂」紗奈が自己紹介した。「絵はほんのちょっとだけ。植村君みたいにじょうずには描けないけど」

「そんなこと……」

階段を下りきった。紗奈は笑顔を向けてきた。「じゃ、体育がんばって」

「ああ……」植村は曖昧《あいまい》に返事するしかなかった。一階の廊下を歩き去る紗奈の背を、長いこと見送った。

その後、一Bの名簿をチェックし、有坂紗奈というフルネームを知った。

外見はまちがいなく可愛いが、学年でいちばんの美人というわけではない。それでも彼女が近くにいれば、絶対に意識せざるをえない、そんなふしぎな魅力を放っている。明るさのなかにやさしさが滲《にじ》みでる。誰に対しても穏やかに接する、紗奈の言葉遣いや仕草、柔和な表情。すべてに見とれざるをえない。

紗奈は吹奏楽部とダンスサークルに所属している。音楽室の隣に狭い部屋があり、吹奏楽部の準備室に割り当てられていた。一年の紗奈はよくそこに籠《こ》もり、部員の楽器を磨いたりする。彼女自身の担当は横笛、フルートだった。部室にひとり居残り、練習する姿もよく目にした。物静かな素振りで、頭をわずかに傾け、フルートの歌口をそっと唇にあてる。ゆっくりとした丁寧な指の動きと、優雅な音《ね》いろに魅了される。

吹奏楽部の練習が終わりしだい、紗奈は放課後、ジャージ姿で体育館に向かう。紗奈はK‐POPを踊る六人組の女子のひとりだ。六人のなかでは、紗奈のルックスは抜きんでている。体形もダンサーらしい、引き締まった痩身《そうしん》だった。動作のひとつひとつが、すばやくかっこよく決まっていた。

紗奈は勉強もできた。入学直後に受けた実力テストの成績が貼りだされたが、彼女は学年四位だった。すべての教科がまんべんなく得意らしい。

彼氏がいるかどうか、いつも気になって仕方がない。それらしい存在は目にしたことがなかった。校内で男子と会話する姿はほとんど見かけない。いるとすれば学校の外だろうが、いないと信じたかった。

そう信じたところで、どうにかなるわけではない。けれども植村にとっては、日々を生きる活力に関わる問題だった。いまも校庭で、紗奈がほかの女子生徒とはしゃぐさまを、植村はずっと眺めていた。

いきなり誰かの腕が、植村の首に巻きついてきた。荒っぽい男の声が耳もとでささやいた。「おい植村。なに見てやがる」

植村はびくっとした。着崩したブレザーと緩めたネクタイ、不良のふたりが植村の顔をのぞきこんでくる。植村の首をヘッドロックするのは金髪の坊主頭。もうひとりは髪型こそふつうだが、眉《まゆ》を剃《そ》っていた。

以前に廊下で絡んできた不良のうちのふたりだった。あのときは名前を知らなかったが、いまではわかっている。金髪の坊主は一Aの井戸根蓮《いとねれん》。眉がないほうは、植村と同じ一Cの尾苗周市《おのなえしゅういち》。

「なあ」井戸根がきいた。「英語コミュI、ノートあるか」

「……あるよ」

「貸せ」

きょう一Cでは英語コミュニケーションIの授業があった。むろん尾苗がノートをとっているはずもない。

植村はおずおずと弁明した。「もうじき小テストがあるし、家で勉強するとき、ノートがないと……」

井戸根が首を強く紋めてきた。「だから俺が必要としてんだろが。心配すんな、コピーとったら返してやる」

息ができないほどではない。それでも抗《あらが》いがたい恐怖心にとらわれる。前にも情報Iのノートを貸したまま、いっこうに返ってこないことがあった。困り果てて担任の永保《ながほ》先生に相談し、井戸根の親に電話してもらった。さらに翌週になり、ようやく返却が果たされた。井戸根の手からではなく、永保先生が渡してきた。

永保は三十代半ばの男性教師だが、事なかれ主義なところが見受けられる。不良が問題を起こすのを承知しながら、積極的に咎《とが》めたりはしない。この土壌に根づいたやむをえない風潮と割りきりたがる、弱腰な大人のひとりにすぎなかった。

川崎区南町《みなみまち》。戦後は政府公認の赤線地帯、現在もなおソープランドが通学路に軒を連ねる。ゲーム10円の看板を掲げる、スロットマシンのビデオゲームを並べた店は、夜には闇カジノになるといわれる。競馬場や競輪場帰りの、ガラの悪い大人たちが一升瓶を片手に、日中から往来する。

いまだに暴力団が地域に密着している。閉塞《へいそく》的な土地柄ゆえか、不良の勢力は地元の暴力団に結びつく。よって公立高校の不良のワルぶりも並大抵ではない。親がヤクザの家庭もめずらしくなかった。教師らは当然、関わりを避けるようになる。

むろん南町周辺でも、ごく一般的な人々の住む新興住宅地が、徐々に数を増やしつつある。新しく移住してきた区民は、ガラの悪い風景に眉をひそめつつも、身に迫る危険を感じていない。植村の家もそうだ。父は都内勤め、母も武蔵小杉《むさしこすぎ》で働いている。同じ川崎市内であっても、武蔵小杉を含む北部に、この近辺のような治安の乱れはない。

学校に通う生徒は、大人とちがう環境に放りこまれる。危機意識のない両親と異なり、植村は苛酷《かこく》さを感じていた。井戸根も尾苗も、より凶暴な上級生グループの手下だった。逆らって無事に済むはずがない。

首を絞められながら、植村はあわててカバンをまさぐり、ノートをとりだした。

井戸根はノートをひったくると、筒のように丸め、植村の頭を水平打ちにした。

「いわれたらさっさとだせ。手間かけさせんな」

尾苗も鼻で笑った。「いったろ？　こいつ最近すなおじゃなくなってきてんだよ」

「借りてくぞ」井戸根がぶらりと立ち去りだした。「返したいときに返すからよ。前みたいにチクるな。わかったか」

返事もまたず井戸根が遠ざかっていく。尾苗もそれに倣った。

教室内には男女の生徒らがいた。植村が見まわすと、みなあわてぎみに視線を逸《そ》らした。開放された引き戸の向こう、廊下に担任の永保先生が立っている。だらしない笑顔で女子生徒と立ち話をしていた。井戸根と尾苗はそのわきを通りすぎていく。永保はなにもいわない。ほどなく女子生徒との雑談が終わると、永保先生は植村を一瞥《いちべつ》した。すぐに踵《きびす》をかえし、永保は足ばやに歩き去った。

不良たちの素行に気づいていないわけではない。担任教師の顔にそう書いてあった。植村が鼻血でも流していれば、さすがに無視できなかっただろう。しかし無事でいるからには、わざわざ関わる必要もない、そう判断したようだ。

いつものことだ。学校に通うのが嫌になる。生徒の分際ではどうにもならない。三年間は我慢しなければならなかった。不良に媚《こ》びへつらい、なんとか日々を凌《しの》ぎ、卒業までこぎつけるしかない。

音量を極力絞ったチャイムが、厳かに鳴り響く。植村は窓の外に目を戻した。有坂紗奈が校舎へと戻ってくる。こちらを見上げたりはしない。ただ笑顔で友達と話しながら歩く。

距離が縮まらなくてもかまわない。紗奈が学校にいてくれるだけで安らぎをおぼえる。地獄の三年間はまだ長い。彼女の存在が、唯一の心の支えになる。

2

有坂紗奈はジャージに着替え、体育館に向かった。木曜以外、放課後は連日ダンスサークルの練習がある。きょうは吹奏楽部で、パート譜の配布日だった。そのせいで出遅れてしまった。

体育館に入るや紗奈は声をかけた。「おまたせ」

真っ先に振りかえったのは、やや大柄の女子生徒、一Dの中澤陽葵《なかざわひまり》だった。丸顔をいっそうふくれっ面にし、陽葵が抗議してきた。「もう。紗奈、遅い」

いつもならバスケットボール部の練習で賑《にぎ》わっている。きょうは静かだった。ダンスサークル以外、体育館の利用者がいないらしい。

「ごめんね」紗奈は仲間のもとに駆けつけた。「どこまで進んでる？」

同じ学年の紬《つむぎ》と芽依《めい》、結菜《ゆうな》、それに穂乃香《ほのか》が笑顔で迎える。フォーメーションからまだ最初のほうだとわかる。

紗奈は戸惑った。「わたしのポジションは……」

「そこ」紬が指さした。「ど真んなか。メインダンサーの位置」

「マジ？」紗奈は面食らった。「後ろのほうがいいんだけど」

芽依が首を横に振った。「だめ。紗奈がいちばん難しい振り付けをこなしてよ。わたしたちじゃ務まんない」

最も練習に遅れて参加して、いちばん難しいポジションをあてがわれる。それでも不本意とは感じない。振り付けに難儀すればこそ、みな引っぱってほしいと求めている。

ウォーミングアップに、軽くクリップウォークのステップを試してみた。五人が感嘆の声をあげたため、かえって紗奈のほうが驚いた。

穂乃香がため息まじりにいった。「またうまくなってる。どうやったらそんなに上達できるの？　どんな心がまえで臨んだらいい？」

紗奈は苦笑した。「窮鼠《きゅうそ》猫を嚙《か》むっていうか、自分を追いこむといいかも……。よく意識してるのはＪＫの法則ってやつ」

「ＪＫ？」陽葵がきいた。「女子高生？」

「じゃなくて、ジョアキム・カランブーの心得」

「ジョアキム……誰？」

「カランブー。狼や人食い熊ばかりの山中に、たったひとりで遭難した人。生還後はありとあらゆることを、ひとりだけでできるようになってた。身体も鍛えられてたし、頭の回転も速くなってたし、生きる知恵も備わってた」

「もともとそれなりに強かったんでしょ。でなきゃ熊にたちまち食べられちゃうって」

「それがカランブーにいわせると、人は案外どんな状況にも、生まれつき適応できるものなんだって」

穂乃香が怪訝《けげん》な顔になった。「そうかなぁ？」

「そういうものなの」紗奈はうなずいた。「食べ物と寝床の確保にしろ、襲ってくる脅威にしろ、ぜんぶゲームのようにとらえれば、日々の暮らし自体が鍛錬になる……。

追いこまれれば独学で成長できるらしいの」

「紗奈はどうやって自分を追いこんでるの？」

「練習のノルマをこなさなきゃご飯抜きとか……」

五人が笑いながらブーイングした。紬が突っこんだ。「甘々じゃん。全然そのJKさんとやらのレベルじゃなくない？」

「そうかなー」紗奈も噴きださざるをえなかった。「チーズタルトを食べれないって悩みは結構深刻なんだけど。でも自分へのご褒美が果たされなきゃ、ダイエットにもなるから、それでもいいし」

結菜が呆《あき》れ顔になった。「すごいポジティブ……」

「それがJKの心得ってやつ」紗奈は真んなかに立った。「最初の何小節かをやってみよっか」

陽葵が嬉《うれ》しそうにうなずいた。「よろしく。紗奈」

紗奈もうなずきかえした。両足を肩幅に開いて立ちスタンバイする。

ところがそのとき、男子生徒の下品な声が響き渡った。「おい、見ろよ。あれK-POPやろうってんじゃね？」

別の男子の声が呼応した。「ブスばっかりなのに？　K-POPじゃなくてKブスだろが」

げらげらと笑う声が館内にこだまする。陽葵や紬らは急に萎縮《いしゅく》し、揃って視線を落とした。

開放されたドアの外、三人の不良が立っている。全員が二年生だった。褐色のぼさぼさ頭に馬面は菅浦秦弥《すがうらそうや》、太った身体に坊主頭が榎垣迅《えのがきじん》、刈りあげた頭に眼鏡は鷹城《たかじょう》宙翔《はると》。

三人は口もとを歪《ゆが》めながら、こちらが踊りだすのをまっている。陽葵たちは誰ひとり抗議しなかった。できないというべきかもしれない。上級生の男子、しかも不良が相手では黙るしかない、そう思っているようだ。無視するのも練習を切りあげるのも、三人の怒りを買う恐れがある。よってその場から動けなくなる。

この学校ではしばしばこういう事態に遭遇する。とにかく不良グループが絶対的な権限を掌握している。リーダー格は三年生だった。いまどきこんな状況、不良が反感を買って当然かと思いきや、そうでもないようだ。

調子よく振る舞う男女生徒らが、不良に愛想よく接することで、矛先が自分に向けられるのを回避する。そんなキョロ充が多いせいで、気弱でおとなしい性格の生徒が標的にされる。陽葵や紬が通学中、不良たちからブスと罵《ののし》られるのを、何度か目にした。穂乃香は教室に置いていたカバンを荒らされ、財布を盗まれた。生理用品も床にぶちまけられたと泣いていた。結菜は女子トイレの個室に、スマホカメラを挿しこまれたという。この学校の不良は低能で、しかもやりたい放題だった。

都内から引っ越してきた紗奈にしてみれば、不良に逆らえない風潮そのものが、まったく理不尽に思えて仕方なかった。なぜ粗暴な生徒らに怯《おび》え、萎縮しなければならないのか。

紗奈はつかつかとドアに向かいだした。三人の不良の間近に迫る。

馬面の菅浦が凄《すご》んだ。「なんだよ？　文句でもあんのか」

「手をどけて」紗奈はささやいた。

「あ？」榎垣が妙な顔をしながらも、紗奈がなにをするつもりか、予想すらつかなかったらしい。抵抗されるはずはないと思ったのか、あるいは単に勘が鈍いのか、いわれたとおりドアにかけた手を放す。

すかさず紗奈はドアをスライドさせ、完全に閉じきった。

ダンスサークルの五人は一様に表情をひきつらせた。陽葵が怖々《こわごわ》とうったえてきた。

「紗奈。そんなことしたら……」

「いいから」と紗奈は五人に向き直った。

閉じたドアは施錠していない。不良が外から蹴《け》りを浴びせたらしく、盛大な音が響いた。五人はまたもびくついた。

ひとりだけ紗奈は平静を保っていた。怖《お》じ気づいたりひるんだりすれば、不良を増長させる。断固として拒絶する態度をしめせばいい。

背後でドアが横滑りに開いた。紗奈は振りかえらなかった。不良グループではない。そんな自信があったからだ。

ダンスサークルの五人の表情が、一様に安堵《あんど》に和らいだ。ドアを開けたのはバドミントン部だった。館内がにわかに賑やかになる。不良たちはとっくに姿を消していた。紗奈は意気揚々と五人のもとに引きかえした。たったこれしきのことが、よほど驚きの成果だったらしい。五人は手をとりあって喜んでいた。笑顔にうっすら涙まで浮かべている。

陽葵が喜びをあらわにした。「紗奈。さすが」

あらためて友達の反応を意外に感じる。そこまで弱腰になっていたのか。この地域のみに局所的に受け継がれる、忌まわしい風習としかいえない。

少しずつでも意識が変わっていけばいい。いまどき不良やヤクザに怯える暮らしなんて、まったくありえない。前向きに考えればいい。脅威があればこそ、負けん気や度胸も育ってくる。これもジョアキム・カランブーの心得といえるかもしれない。

「さ、練習しよ」紗奈は笑いながらうながした。「サビ前の振り付け、身体に入るとこまでやらなきゃ」

3

紗奈の通う川崎市立懸野高校は、アルバイトが禁止の扱いではなかった。学校側に許可をとるだけでいい。担任教師にその旨を申しでて、許可願のプリントに記入、提出するきまりだった。

吹奏楽部とダンスサークル、どちらも練習がない木曜の放課後、紗奈は介護施設でバイトをしていた。

有資格者ではないため、仕事は介護士の補助になる。まず掃除と入所者の服の洗濯。次に調理の手伝い。厨房《ちゅうぼう》ですり鉢とすりこぎを手に、料理をペースト状にする。噛む力が衰えている入所者が多いからだ。

介護服に着替えてから、入所者の世話をするため、それぞれの部屋をまわる。むろん介護士の補助員としてだが、紗奈はお年寄りと話すのが好きだった。職員も入所者も紗奈を歓迎してくれた。

紗奈は笑顔を保ち、はっきりした声で話しかけた。ベッドに寝たきりだったり、車椅子から立てなかったりする、そんな入所者が少なくない。紗奈は姿勢を低くし、入所者に目線を合わせるのを忘れなかった。お年寄りが前と同じことを喋《しゃべ》っても、常に辛抱強く耳を傾ける。紗奈が訪ねる部屋は、どこも和やかな雰囲気に包まれていた。

介護士らによれば、紗奈が働くようになってから、施設内は目に見えて明るくなったという。入所者はみな木曜日がまちきれないらしい。認知症のお年寄りすら、紗奈のことはきちんとおぼえているようだ。

介護士が手を焼くような、頑固者のお年寄りさえも、紗奈の前ではすなおだった。当初こそぶっきらぼうな態度をしめされたものの、紗奈はめげなかった。ほどなく打ち解けるに至り、親しい関係を構築できた。いまではお年寄りがみな、一週間のできごとを嬉しそうに報告してくる。みな有坂さんに惚《ほ》れているみたいだな、介護士のひとりが笑いながらそうこぼした。

紗奈のバイトはもうひとつあった。短時間だがコンビニでの勤務だった。ここでも紗奈は、困っている客に積極的に話しかけ、てきぱきと対処していった。介護のバイトでコミュニケーションに慣れたせいもある。どんな大人とも気軽に楽しく会話できた。紗奈は笑みを絶やさなかった。タバコひと箱を買うだけの客の要望にも、きちんと耳を傾けた。そのうち常連客たちとも親しくなった。有坂さんのいる時間だけ売り上げが伸びるから、もっと出勤してくれないか、そんな誘いを店長からさかんに受けていた。

自分めあてに来る客が増えている、その事実に気づいたものの、紗奈は嫌悪をおぼえなかった。どんな人の心も本質的にはきれい、紗奈はそう感じていた。大人と触れあううちに尊敬でき、学ぶところが見つかる、いつものように実感する。

紗奈が帰路に就いたのは夜十時すぎだった。遅くまで営業している安売りスーパーで、飲み物や食材を買い、徒歩で自宅に向かう。古びた家屋のめだつ住宅街だが、わりと新しめのマンションが建ち並ぶ一角もある。十四階建てのマンションのエントランスを入り、エレベーターに乗った。八階の角部屋、３ＬＤＫが紗奈の一家の住まいになる。

靴脱ぎ場からフローリングにあがった。洗面室で手を洗う。リビングルームに足を踏みいれる。

母の華音《かのん》はソファに浅く座り、テレビを観ていた。目を紗奈に移すと、ぼんやりとした微笑が浮かんだ。「ああ、紗奈。おかえり」

「ただいま」紗奈は買い物袋をキッチンに置いた。「お母さん。ぐあいはどう？」

「きょうは悪くないの。この調子が何日かつづいたら、そろそろお仕事探そうかなって」

「そんなに急がなくていいから」

「だけど紗奈ばかりに無理させちゃ悪いし……。きょうもこれから宿題でしょ？　いつも負担かけちゃって」

「だいじょうぶだから。気にしないで」紗奈は笑ってみせると、制服の上からエプロンを身につけた。「食事の支度をするね」

父が仕事を終えて帰宅するのは、いつもこれぐらいの時間だ。夕食というより夜食づくりになる。家計を支えるため自炊する。以前は母の役割だったが、いまは紗奈が引き受けていた。

両親は共働きだったものの、母の華音はうつ病を患い、退職せざるをえなかった。人のいい母は、上司や同僚から過度に業務を押しつけられるうち、疲弊しきってしまったらしい。いま母はおっとりした振る舞いに見える。薬が効いているせいだった。

マンションのローン返済もあり、父の給料だけでは厳しくなってきた。紗奈はアルバイトを始めた。少しでも父の負担を減らしたかった。本当はもっとバイトをこなしたいが、ダンスサークルを辞めないでほしいと、陽葵たちがさかんに求めてくる。吹奏楽部にも入部したばかりだ。なんとか都合をつけていくしかない。

買ってきた出来合いの惣菜を調理台に並べた。鯛《たい》の煮付け、人参《にんじん》の肉巻き。野菜はキュウリとフルーツトマト。豚汁と明太子《めんたいこ》はレトルトのパックだった。

鯛を鍋《なべ》にいれ、軽く煮る。皿を用意していると、玄関のドアが開く音がきこえた。

紗奈は廊下にでた。帰宅した父、嘉隆《よしたか》が靴脱ぎ場にいる。紗奈は声をかけた。「おかえりなさい」

スーツ姿の嘉隆が笑顔になった。「ただいま。きょうも食事を作ってくれてるんだな？　紗奈は働き者だな」

「お父さんこそ、お仕事ご苦労さま」紗奈は父のカバンを受けとった。「着替えたらすぐ食べる？」

「ああ。腹ぺこだよ。いつも悪いね」嘉隆は廊下を洗面室に向かいだした。ふとその足がとまった。「紗奈。高校を卒業するまで三年近くある。大学のことはまだ心配しなくても……」

「わかってるから。気にしないで」

「……そっか。お父さんもなんとか、この一年か二年、がんばってみるからな」

父の後ろ姿が洗面室に消えていく。紗奈は微妙なせつなさを抱えた。夫婦の会話が耳に入ったことがある。会社の業績が悪化し、給料を減らされたらしい。母の職場復帰も当面望めない。紗奈は進学を希望しているが、このままでは難しそうだという。

ローンが生活費を圧迫している。郊外へ移り住もうにも、買ったときの値段では売れない。残債が多く発生してしまい、かえって損失が膨れあがるという。かといって両親の実家は、もうどちらも頼れなかった。辛《つら》くてもこのまま家族三人で努力するしかない。

紗奈はわきのドアを開けた。父の書斎だった。いつもの場所にカバンを置いた。ふと机の上のフォトフレームが目に入る。

中二のころ、家族で那須《なす》高原にドライブしたときの写真だ。まだ祖父母が元気だった。ふたりとも笑顔で紗奈に寄り添う。母の華音も健康そのものに見えた。こんな賑《にぎ》やかな家庭があった、あらためてそう思わされる。いまではもう親戚《しんせき》との交流すらない。

しばらく写真を眺めるうち、自然に涙が滲《にじ》んできた。紗奈は指先で目もとを軽く拭《ぬぐ》った。

「紗奈」父の呼ぶ声がする。

「いま行く」紗奈は返事をした。

食事の後片付けを済ませたら、宿題をこなし、風呂《ふろ》に入る。幸せにちがいない、紗奈はそう思った。やるべきことがはっきりしている。平凡であっても穏やかな日々のなかに、ときおりほのかな喜びがたしかにある。

4

金曜の夜遅く、紗奈が食器を洗っていると、母がコートを羽織りだした。

こんな時間からでかけるのだろうか。紗奈は不安になり、外出の理由をきいた。

母の華音が応じた。「リモコンの電池が切れたの。買ってくる」

「それならわたしが行くから」

「いいってば。自転車でコンビニまでひと走りするだけだし」

紗奈のなかに困惑が生じた。うつ病患者が自発的に積極性をしめしたとき、家族は賛成し後押しすべき、ガイドブックにそうあった。けれども夜間にでかけて、本当にだいじょうぶだろうか。なんともいえない。紗奈は判断に迷った。コンビニはそれなりに遠かった。

父に助言を求めたかったが、ずっと書斎に籠もり、仕事関係の電話をしている。なおも戸惑う紗奈を残し、母は玄関をでていった。ほどなく父の嘉隆がリビングに顔をのぞかせた。「お母さんは?」

「コンビニまで買い物に行くって……」

「そっか」

「ひとりで行かせてまずかった?」

「まさか」父は笑った。「お母さんは大人だよ? 調子がいいときには身体を動かさなきゃ」

父の言葉に納得し、取り越し苦労と思い直した。紗奈は洗面室に移り、洗濯の終わった衣服を畳みだした。

帰りが遅いな、ぼんやりとそう思ったとき、スマホが鳴る音がした。父のスマホのようだ。

電話に応じる父の声がきこえる。「有坂です。……はい? どこで?」

声が緊迫の響きを帯びている。不穏なものを感じた。紗奈は廊下にでて、リビングルームに急いだ。

「行きます」父がそのひとことで通話を終えた。

紗奈は父にたずねた。「なに？」

「緊急外来に行ってくる。お母さんが自転車で転んで、応急処置を受けたって」

焦燥が募ってきた。紗奈はあわてていった。「わたしも行く」

部屋着用のTシャツとスカートに着替えていたが、デニムジャケットを羽織れば、外出に支障はない。いまは一秒も無駄にしたくなかった。父も同じ気持ちらしい。セーターにスラックスのまま玄関に向かった。

マンションのエントランスをでるや後悔した。外は案外寒かった。春は日ごとに気温が変わって困る。父も首をすぼめている。

ダウンジャケットを着てくるべきだった。けれども部屋に戻る気にはなれない。このまま病院に急ぎたかった。

表通りの歩道にでる。父が流しのタクシーをつかまえた。ワンメーターの六百円で、最寄りの総合病院に着いた。

緊急外来を訪ねる。母は待合椅子に座っていた。右の前腕をギプスで固め、三角巾《さんかくきん》で吊《つ》っている。

紗奈は駆け寄った。「お母さん！　怪我したの？」

「平気」母が気まずそうに微笑した。「ごめんね。猫が飛びだしてきて、避《よ》けようとしたら……」

医師が来て説明した。捻挫《ねんざ》だけでなく、手首の骨に小さなヒビが入っているという。大事には至らず、三週間ほどで回復する、そんな話だった。

母は自転車ごと横倒しになったらしい。通りかかった人が救急車を呼んでくれた。病院に搬送される際、救急隊員が自転車を道端に寄せ、放置してきたという。すぐ取りに戻るからと、母は救急隊員に約束したようだ。

ようやく紗奈は安堵《あんど》した。医師に頭をさげ、家族三人で病院をでた。またタクシーに乗ったものの、マンションまでは戻らず、半キロほど手前で降りた。母がめざしたコンビニまで、あと少しの地点になる。住宅街のなかに入り組んだ生活道路の奥だった。

道の片側には廃工場らしき敷地がひろがる。錆《さ》びついた波板トタン塀が道沿いにつづいている。近隣に民家はなかった。辺り一帯はほの暗いが、等間隔に街路灯がある。行く手のかなり先、トタン塀に寄せてある自転車が見えた。

たしかにここなら短時間、自転車を放置しても苦情はでない。とはいえずいぶんうら寂しい、殺風景な一角ではある。母もよく通り抜けようとしたものだ。日雇い労働者用の簡易宿泊所の看板も多い。狭い児童公園には昼間、ベンチで酒を飲んでいる大人がいたりする。

トタン塀の逆側は、まさにそういう児童公園だった。暗がりのなか、なにやら人影が群れていた。十人近くはいるだろうか。若い男のひきつったような笑い声がこだまする。学校でもときどき耳にする、不良による無節操な声の響きだ。

自転車まであと十数メートルはある。公園の門の前を通り過ぎながら、紗奈はそちらに目を向けた。みなストリート系ファッションに身を包んでいる。一見して不良グループとわかる。そのうちのひとりが振りかえった。

街灯が金髪の坊主を照らす。一Aの井戸根蓮だった。もうひとりの肩を叩《たた》く。その男もこちらに視線を向けた。一Cの尾苗周市。眉《まゆ》のない顔が、闇のなかにうっすらと浮かんでいる。

一年生のあいだでも有名な不良たちだ。紗奈は両親をうながした。「早く行こうよ」ところが複数の靴音が追いかけてきた。一家三人を囲み、不良たちが歩調を合わせてくる。連中の目は進行方向ではなく、紗奈に向けられていた。紗奈はうつむいたものの、不良らは姿勢を低くし、のぞきこむように見上げてくる。

父の嘉隆は歩を速めつつ苦言を呈した。「なんだ？　どきなさい」

紗奈は父を制した。「いいから……。相手にしないで」

行く手に立ち、後ろ向きに歩くのは、褐色のぼさぼさ頭に馬面だった。二年の菅浦秦弥。紗奈は寒気をおぼえた。太った身体に坊主頭は榎垣迅。刈りあげた頭に眼鏡をかけた鷹城宙翔《む》もいる。体育館でダンス練習をのぞいていた三人だ。

菅浦が目を剝き、叫ぶような声を響かせた。「Kブスの有坂じゃねえかよ！」

榎垣と鷹城がげらげらと笑う。後退の歩を緩め、こちらとの距離を縮めにかかる。紗奈は強引に進もうとしたが、菅浦に押し留《とど》められた。

母の華音が不安そうにすくみあがった。精神状態にもよくない。紗奈は父とともに、母を庇《かば》いながら立った。

鷹城が乱暴に吐き捨てた。「ここは俺たちの縄張りだぜ？　なに勝手に突っ切ろうとしてんだよ、挨拶《あいさつ》もなしによ」

父の嘉隆は硬い顔になった。「公道だろう。誰が通ろうと自由だ」
「わかってねえな、おっさん。なんでここに来やがった。俺たちのこと通報する気かよ」

母が震える声でうったえた。「そんなことしません……。自転車を取りにきただけなの」

「あ？」榎垣が振りかえった。「あのボロ自転車かよ」

「そうです。自転車だけ回収させてもらえれば、すぐ立ち去りますから」

あまりにへりくだった物言いは、不良らの態度を増長させてしまう。紗奈は母と手をつなぎ、沈黙をうながした。

ふいに菅浦だけが離れていき、自転車へと向かいだした。「へー。あれを取りにきたってか」

菅浦は自転車にまたがった。ペダルを漕《こ》いで走らせる。こちらには戻ってこない。蛇行しながら遠ざかろうとする。

ほかの不良たちが笑いながら路上に散らばった。鷹城が大声で囃《はや》し立てた。「行け菅浦選手！　オッズ百倍の高配当！」

「おうよ」菅浦が調子に乗ったように、競輪のような前屈姿勢をとった。速度をあげ走り去っていく。

父の嘉隆が怒鳴った。「やめろ！　勝手なことをするな」

嘉隆は血相を変え駆けだした。自転車を追いかける嘉隆に対し、路上の不良たちが奇声を発し併走する。

母の華音は憂いの呻《うめ》きを漏らした。紗奈もあわてて呼びかけた。「お父さん！　だめ。行かないで！」

井戸根が路上に滑りこみ、嘉隆に足払いをかけた。前のめりになり、嘉隆が転んで突っ伏した。不良たちは狂喜乱舞しつつ駆け寄った。

つんのめった嘉隆が上半身を起こそうとする。肥満体の榎垣が鉄パイプを握り、水平にスイングした。嘉隆の後頭部をしたたかに打つ。硬い物が砕けるような音が響き渡った。嘉隆は路面に叩き伏せられた。

紗奈は愕然《がくぜん》とした。母が嘆きと悲鳴の入り交じった声を漏らした。

不良たちがいっそう甲高い笑い声を響かせる。榎垣が鉄パイプを振りかざし、繰りかえし嘉隆の頭に打ち下ろした。フトンでも叩くかのように容赦がない。鈍重な音が辺りに反響しつづける。嘉隆がのけぞるたび、不良らが大笑いした。やがて嘉隆は痙《けい》攣《れん》すらしめさなくなり、ぐったりと脱力した。

榎垣が鉄パイプを高々と掲げると、周りの不良らが歓声をあげた。両手に握った鉄パイプを垂直に立て、榎垣が振り下ろした。

紗奈は思わず叫んだ。「やめて！」

鉄パイプの先端が嘉隆の後頭部を貫いた。赤い液体が勢いよく噴出したのを、紗奈はまのあたりにした。

母の華音が泣き叫び、その場に駆け寄ろうとする。紗奈は阻もうとしたが、不良のひとりが背後から抱きついてきた。しっかりと羽交い締めにされ、紗奈は一歩も動けなくなった。

心臓が張り裂けそうなほど動悸《どうき》が亢進《こうしん》する。紗奈は大声で呼びかけた。「お母さん！」

眉なしの尾苗が手を伸ばし、紗奈の口をふさいだ。紗奈はなおも声を張ろうとしたが、ただ唸《うな》ることしかできない。

母は父のわきに両膝《りょうひざ》をついた。泣きじゃくりながら項垂《うなだ》れる。動かなくなった父の背を揺すり、母が絶叫に等しい声で呼びかけた。「しっかりして！　お父さん。嘉隆さん。死んじゃ嫌！」

もはやここに安息などあるはずもない。菅浦の漕ぐ自転車が引きかえしてきた。猛然と速度をあげ、紗奈の母、華音のもとに迫り来る。

紗奈は死にものぐるいで頭《かぶり》を振り、口をふさぐ手から逃れた。その一瞬に紗奈は叫んだ。「お母さん、逃げて！」

母の華音ははっとして顔をあげた。自転車の接近を察知したらしい。よろめきながら立ちあがると、母は逃げだした。しかし三角巾《きん》で吊《つ》った片腕が不自由なせいか、ほとんど速度があがらない。自転車に乗る菅浦は背を丸め、異常なほどの猛スピードで華音を追走する。

回避行動も減速もなかった。菅浦の自転車は華音の背に突っこんでいき、そのまま撥《は》ね飛ばした。

紗奈の口はまた尾苗の手にふさがれていた。悲鳴すらあげられない。鼻孔まで閉ざされた。窒息しそうな苦しみに悶《もだ》える。紗奈は必死に身をよじった。

母の華音は仰《あお》向《む》けに横たわっていた。菅浦が自転車を降り、華音に近づいた。右手首を覆うギプスを、執拗《しつよう》に踏みつけ粉砕する。華音は苦痛の叫びを発した。不良たちの笑い声は狂乱の域に達していた。

そのとき別の男の怒号が響き渡った。「うるせえぞてめえら!」

不良らがいっせいに黙りこむ。紗奈も息を呑《の》んだ。救いの神が現れたわけではなかった。脅威は去るどころか、さらなる絶望に震えあがるしかない。

新たに路上に立つふたりは、やはり学校で見覚えがあった。長髪で細面、鷲鼻《わしばな》の痩《そう》身《しん》は、三年の笹舘麹《ささだてこうじ》だった。教師らも畏怖《いふ》する、不良グループのリーダー格として知られる。よく茶髪や金髪の女を、取っ替え引っ替え侍《はべ》らせているが、いまはそんな連れはいない。笹舘自身が浮気性のわりには、女の浮気は断じて許さないときく。何人もの女がリンチに遭い、病院送りになったという噂がある。

もうひとりは同じく三年、リーゼントパーマに赤いつなぎを着た梶梅穣治《かじうめじょうじ》。やたら目つきが鋭かった。笹舘といつもつるんでいる男だ。立場的にはグループのサブリーダーだろう。

笹舘が低い声で不良たちに指示した。「路上に放っとくやつがあるか。さっさとそっちに運べ」

いちど静かになった不良らが、またはしゃぎながら動きだした。路上に倒れる両親に、それぞれふたりずつ駆け寄る。それ以降の状況は目にできなかった。紗奈は羽交い締めにされたまま、トタン塀の隙間へと連行されていった。

廃工場の敷地内に入った。いまは資材置き場のようだ。剝きだしの土の上、いたるところに青いビニールシートが覆う小山があった。近くには半壊状態の工場棟が残る。外壁から突きだしたクレーン状のアームは、高さ十メートルを超えている。最頂部に滑車があり、二本のロープが垂れ下がっていた。

ここは不良グループの溜《た》まり場らしい。何台かバイクが停めてあった。紗奈はいきなり地面に押し倒された。これまで紗奈を羽交い締めにしていたのは、刈りあげた頭に眼鏡の鷹城だとわかった。間髪をいれず鷹城が覆いかぶさってくる。

紗奈は仰向けに寝たまま、全力で暴れながら抵抗した。鷹城の頰を平手打ちし、爪を立て掻《か》きむしった。さも痛そうに顔をしかめ、鷹城が身を退かせる。代わりに菅浦と榎垣が押さえつけてきた。

男どもの荒い息遣いが迫るのが、おぞましく不快でたまらない。なおも紗奈は暴れつづけた。ふいに金属のきしむような音がした。信じられない光景が紗奈の目に飛びこんできた。

母の華音がぐったりとしたまま、腰にロープを何重にも巻かれ、雑に縛りあげられている。ロープははるか頭上の滑車につながっていた。滑車から垂れ下がる、もう一本のロープを引っぱるのは、井戸根と尾苗の一年生コンビだった。華音の腹にロープが食いこみ、身体をへの字に折った状態で、夜空に吊り上げられていく。

菅浦がふざけた声を発した。「国旗掲揚！　国歌斉唱！」

不良たちが『君が代』を歌いながら笑い転げた。地面から遠ざかる母の目は虚《うつ》ろだった。ときおり嗚咽《おえつ》が漏れるのがきこえる。負傷した右手首が不自然にねじ曲がっている。左腕や両脚はだらりと下がっていた。

もう十メートル以上の高さには達している。紗奈は仰向けに横たわったまま、泣きながらうったえた。「やめて。下ろして」

近くに三年生の笹舘と梶梅が立ち、紗奈を見下ろしてきた。笹舘が井戸根らに顎《あご》をしゃくった。「あいつらがロープから手を放せば、ババアは真っ逆さまだ。それが嫌ならとっとと脱げ」

視界が涙にぼやける。紗奈は震える声を響かせた。「わかったからお母さんを下ろしてあげて」

梶梅が目を怒らせた。「早く脱げってんだよブス」

紗奈は上半身を起こし、ジャケットを脱ぎにかかった。不良たちが黙って見下ろしている。次々に衣服を取り払った。ためらいなど生じなかった。わずかに仰ぎ見ると、ロープに吊られた母が視野に入った。あのままにはしておけない。

Tシャツとスカートを脱いでからは、不良たちが手をだしてきた。下着は引きちぎるも同然に、乱暴に奪われた。紗奈は全裸になった。

笹舘が見下ろしたまま命じた。「寝そべって股《また》を大きく広げろ」

涙がとめどなく頰を流れ落ちる。紗奈は首を横に振った。「お願いだからそこまでは……」

離れた場所でロープを握る井戸根が声を張った。「あー重てえ。ババアを落としてもいいのかよ」

笹舘が近くの不良たちに呼びかけた。「おい。オヤジの死体を引きずってこい。ババアの真下にな」

二年の菅浦と榎垣が、黄いろい声を発しつつ、揃って駆けていった。ほどなく父の嘉隆が、仰向けに地面を引きずられてきた。顔が流血で真っ赤に染まっている。もう絶命しているのはあきらかだった。母が吊られた真下の位置に、父は放りだされた。榎垣が父のポケットをまさぐる。嬉々《きき》として財布を奪い、紙幣をつかみだした。

そこになぜか液体が降りかかった。菅浦と榎垣が取り乱し、両手で頭を覆った。ふたりが頭上を仰ぐ。

母は失禁していた。菅浦が小走りに逃げまわった。「汚ねえ! 小便浴びせやがった」

ロープを持った一年の不良ふたりが笑い転げる。握力が緩んだらしく、母の身体ががくんと下がった。井戸根はなおも笑いながら、尾苗とともにロープを引っぱった。「危ねえ。落としちまうとこだった」

梶梅が紗奈を蹴《け》ってきた。「おら。とっとと寝ろよ」

紗奈はいわれるがままの姿勢で、冷たい土の上に横たわるしかなかった。また夜空が目に入る。吊られた母が父を見下ろす。視界に映るすべてが涙に波打ちだした。紗奈はひたすら泣きじゃくった。

鷹城が馬乗りになってきた。「まずは空手部で鍛えてる俺からいくぜ」

生理的な嫌悪感に鳥肌が立つ。紗奈は身体を横向きにした。「いや!」

「このクソ女」鷹城の手が紗奈の喉《のど》もとを絞めあげた。力ずくで仰向けにするや、もう一方の手をこぶしに固め、紗奈の顔を殴りつけた。

一発で鼻血を噴いた。痺《しび》れるような痛みとともに耳鳴りがした。殴打はそれで終わらなかった。何発も繰りかえし殴られた。涙に視野が絶えず揺らぎ、なにもかもぼやけて見えた。こぶしが命中するたび、自分の噴いた鼻血が顔に降りかかった。

ふいに鷹城が殴るのをやめた。頭上を仰ぎ見る。ほかの不良たちもそうしていた。

暴行が中断した理由はほどなくわかった。母の声がかすかに耳に届く。「紗奈。紗奈……」

不良グループは沈黙したものの、互いに顔を見合わせ、また甲高い声で笑いだした。

榎垣が前かがみになり、紗奈の顔をのぞきこんだ。「あーあ。こんなに腫《は》れちまった。まるでアンパンマンじゃねえか。空手部員、そのへんにしとけよ。さっさと始めろ」

「おっす」鷹城が鼻息荒くベルトを緩め、ズボンを下ろした。身体ごと紗奈にのしかかってくる。

下腹部に激痛が走った。紗奈は悲鳴も同然に絶叫した。

菅浦の手が紗奈の口をふさいだ。「いちいちうるせえ女だな。警察が来ちまうだろうが」

股を抉《えぐ》り穿《うが》つ、その痛みばかりではない。嘔吐《おうと》の衝動に駆られる。紗奈は泣き声ひとつあげられなかった。ただ激しく身体を揺すられた。菅浦が紗奈の口から手を放すや、鷹城が唇を奪ってくる。挿しこまれた舌を噛《か》んでやりたかったが、吊《つ》られた母を思えば、とても抵抗できない。不良どもが興奮したようすで、囃《はや》し立てるようなわめき声を響かせた。

榎垣がわめいた。「まるで輪姦島《りんかん》だな！」

「あ？」菅浦が笑いだした。「なんだよその輪姦島ってのは」

「知らねえのか。沖縄の近海にあるってよ。荒くれ者の漁師ばっかの島で、女がみんな逃げちまったせいで、島は男だけ」

「あー。あったな、そういうの。ときどき若い女を買ってはみんなでヤる島だとか？エロ雑誌の三流記事なんか鵜呑《うの》みにすんなよ」

「本当はねえのか？　輪姦島」

「そんな遠くまで行かなくても、いまここにお楽しみがあるだろが」

嫌悪と不快感に満ちた時間が経過していった。やがて鷹城は射精に至ったらしく、満足げなため息とともに身体を浮かせた。

梶梅がからかう口調でいった。「なんだ空手部。もうイッたのか」

「押忍《おす》」鷹城がふざけて応じると、不良たちが笑いだした。

次いで菅浦が紗奈に抱きつき、地面に俯《うつぶ》せにした。両膝《りょうひざ》を立たせることを強制され、尻《しり》だけを突きだす。紗奈は顔を地面に押さえつけられそうになった。かろうじて横を向く。視線の先に父の姿があった。父は横たわったまま動かない。

ふたたび両太股《ふともも》のあいだに激痛が襲う。紗奈はのけぞったが、今度は梶梅の手が口をふさいできた。

少し離れた場所から尾苗の声が呼びかけた。「笹舘さん！　俺と井戸根、いつまでロープ持ってなきゃいけねえんですか。手がだるくなってきました」

サブリーダーの梶梅が鼻を鳴らした。「ここの滑車使ったリンチは、俺たちの伝統だろが。ロープ係は一年の仕事なんだよ」

井戸根も不満を口にした。「でもよ、笹舘さん。俺たちもここから見ててギンギンなんスけど」

二年の不良たちが下品な笑い声を発する。笹舘がつぶやいた。「しょうがねえな。たしかに小便垂れのババアなんか、長いこと吊《つる》してても意味ねえか」

梶梅が同意した。「もうこいつも抵抗してねえ。ババアの人質も不要だろうぜ」

「わかった。だがババアは左右に揺れてやがる。まっすぐ落としてオヤジにぶつけろ。きれいにきまったら、次はおまえらに順番を譲ってやる」

井戸根と尾苗が歓喜の声をあげた。紗奈は耳を疑った。身をよじろうとするが、両腕が押さえつけられている。口もふさがれていた。制止を求める声ひとつあげられない。

滑車が回転するけたたましい音が鳴り響いた。落下してきた母の身体が父にぶつかった。衝突と同時に破裂し、血飛沫《ちしぶき》があがった。母も父も、異様なかたちに全身を曲げ、絡みつきながら地面に転がった。投棄された二体のマネキンに似ていた。

不良たちの笑い声が響くなか、紗奈の意識は遠のきかけた。だが失神に至ろうとしたとき、臀部《でんぶ》を強く叩《たた》かれた。電気が走ったように身体が痙攣《けいれん》し、また我にかえらされてしまう。ふたたび地獄のような光景をまのあたりにせざるをえない。両親の亡骸《なきがら》が、溢《あふ》れる涙の向こうに見え隠れする。

このまま死ぬわけにはいかない。死によって救われる、そう強く感じていても、断じてそれを願ってはならない。こんな無念を抱えたまま両親のもとへは逝けない。

5

三年の梶梅穣治は、スマホのカメラを自撮りに切り替え、鏡代わりにした。暗がりのなかでも明るく映るため、リーゼントパーマを整えるのに重宝する。

さんざん盛りあがった廃工場の敷地内も、いまはずいぶん静かになっていた。性欲旺盛《おうせい》な二年のデブ、榎垣だけが依然として、バックで有坂紗奈の尻を衝《つ》いている。もう紗奈もぐったりとしているため、誰も腕や脚をつかんでいない。不良たちは塀にもたれかかって座りこみ、タバコを吹かしていた。鷹城は自慢の十八金製ジッポーライターを、片手で放り投げては、水平につかみとる。

酒にしろ大麻にしろ、酩酊《めいてい》し始めてしばらくが絶頂期だ。それを超えると憂鬱《ゆううつ》な気分になる。女を犯《や》るのも同じだった。イッちまったら興奮もたちまち醒《さ》めてくる。特に梶梅はつなぎ姿だったため、この寒いなか、ほぼ裸にならざるをえなかった。行為が終わってふたたび服を着たのちは、もう二度と脱ぐ手間をかけようと思わない。あとはどう片づけるか、厄介な問題に頭を煩《わずら》わせることになる。

笹舘は両脚を投げだし、地面に腰を下ろしていた。「梶梅」

「あ?」

「ゲンさんに電話しろよ」

やはり押しつけられた。梶梅はげんなりしながらスマホをいじった。「はいよ」電話帳データからゲンの名を選択、通話ボタンを押す。呼び出し音が数回、大人の男の声がだるそうに応じた。「はい」

「悪い、ゲンさん」梶梅は自分なりにへりくだっていった。「いまいつもの工場跡なんだけど、ちょっと始末お願いできませんか」

「始末って」ゲンの声は呂律《ろれつ》がまわっていなかった。「また女でも犯ったのかよ」

「まあそんなとこで」

「女ひとりか?」

「いえ。オヤジやババアと一緒に通りかかったんで。でもうちの高校の女なんすよ。一年と二年の奴らが知り合いだったみてえで」

「ったく。わかったけどよ。佐和橋《さわはし》のじいさんに連絡とっても、明日《あした》かあさってになっちまうかもな。あのじいさん、最近またフィリピーナにご執心でよ」

「そこをなんとか……。今晩じゅうに片づけねえと辛《つら》いっすよ」

「やれやれ。いちおう当たってみるか。その代わりうちの仕事、ひとつ余分に手伝えよ」

「そりゃもう」

「すぐ行く。佐和橋のじいさんを連れていけりゃ連れてくからな」

「よろしくお願いします」梶梅がそういうと、通話は切れた。スマホをしまいながら梶梅は報告した。「笹舘。ゲンさん、すぐ来てくれるってよ」

川崎の不良の勢力はひとつに集約される。都内のように複数の勢力が乱立しない。下は小中学校でワルぶっているガキに始まり、上は暴走族を経て、地元の暴力団にまとまっていく。かつてドヤ街だったせいもあるだろう。ヤクザは地域密着型で、ふつうの家庭にも浸透している。そういう家の親は一見してわかる。タトゥーが入っているうえ、髪を明るく染めるか、スキンヘッドだからだ。

不良のガキに育つと、ほかの不良の親とも知り合いになる。ヤクザはみな顔見知りのため、ガキはどこにも逃げられやしない。中学生になると、カンパという名目で上納金を払わされる。路上でも呼びかけられ、どこの誰かきかれる。ひとりでぶらぶらしているだけとわかると、無理やり舎弟にされてしまう。飲みに誘われたうえ、いろいろ難癖をつけられ、三万円持ってこいという話になる。

上納金を調達するため、みな中一のころから窃盗に手を染める。最初は自販機荒らしや賽銭《さいせん》泥棒、万引き。やがてカツアゲから強盗へと成長していく。

オレオレ詐欺のように頭を使う犯罪は、川崎では流行《はや》らない。脅して金を巻きあげる、抵抗を受ければ徒党を組んで叩きのめす、それだけだった。誰か大人の下で職人になるか、ヤクザの手伝いをしながら暴力団に入るか、先輩たちはどちらかの道筋をたどった。梶梅たちにも同じ将来がまっている。地元を離れる気はない。仲間はみなこの辺りにいる。

悪いことばかりではない。ふだん上納金を納めているぶん、大人に甘えられるときもある。

笹舘の率いる不良グループを世話してくれるのは、ゲンという暴力団員だった。本名は知らない。ほかの年配のヤクザから、若い衆と呼ばれていたが、ゲンはどう見ても六十過ぎだ。川崎駅近くのラ・チッタデッラの裏、ソープランド街にある事務所に詰めている。ここからそう遠くない。

巨漢の榎垣が、ひと汗かいたという顔で、ぶらりと戻ってきた。ほかの連中と並んで、トタン塀の前に座りこむ。

放置された素っ裸の有坂紗奈は、死にかけの虫のように、ゆっくりと地面を這《は》っていく。両親の死体に近づこうとしていた。

眉《まゆ》なしの一年、尾苗が駆けだしていった。紗奈の前進を阻むつもりだろうが、行く手に立ちふさがったりはしない。逆に後ろにまわり、ズボンを下ろすと、紗奈の尻《しり》を抱えあげた。その場でバックから衝き始めた。紗奈は呻《うめ》くばかりで、すっかり抵抗の意思をなくしている。尾苗が息を弾ませながら怒鳴った。「おら！　オヤジとババアの死骸《しがい》を見ながらイキやがれ」

何人かが鼻を鳴らした。反応はそのていどに留《とど》まった。さっきまではみな笑い転げていたが、もうしらけだしている。イッちまったあとはこんなもんだ、梶梅はそう思った。ひとりイキる一年のガキに、つきあいで笑ってやる義理もない。

クルマの音がきこえた。二台が連なって来たとわかる。笹舘がタバコの吸い殻を投げだし、おっくうそうに立ちあがった。ほかの連中もそれに倣った。

尾苗はまだ腰を振りつづけている。同じ一年の井戸根が急《せ》かした。「尾苗、まだ終わらねえのか」

「あとちょい……。うっ」尾苗が痙攣《けいれん》した。しばし静止したのち、深くため息を漏らし、両手で抱えていた紗奈の尻を放りだす。

クルマ二台のエンジン音が、いずれも途絶え、ドアの開閉音がした。トタン塀の隙間を割り、白髪の五分刈り頭、角張った顔のゲンが入ってきた。

不良たち全員でおじぎをして迎える。ゲンは昼間、スーツを着ていることもあるが、いまは半纏《はんてん》を羽織っていた。大工の棟梁《とうりょう》のように見えなくもない。

次いでゲンよりさらに老けた男が現れた。禿《は》げた頭にぎょろ目、蛸《たこ》のごとくすぼめた口。佐和橋は八十近いらしく、いつも酔っ払いのようにラリッた表情だったが、案外矍鑠《かくしゃく》としている。年齢相応のシニア向けセーターを着ていても、とてもカタギには見えなかった。

ゲンが紗奈を一瞥《いちべつ》してから、両親の死体に目を向けた。「ああ。また派手にやっちまったな」

笹舘はさして悪びれたようすもなく、ただ軽く頭をさげた。「すいません」

「小娘はまだ生きてんのか」

「はい」

「なら一発やっとかなきゃな」ゲンは公衆トイレにでも入るかのように、ズボンのファスナーを下げながら歩いた。「話はやってからだ」

脱力しきった紗奈をゲンが犯すのを、不良一同で見守った。今度はゲンが腰を振りながら口にする冗談や悪態に、誰もがいちいち笑ってみせた。この場に収拾をつけられる大人には媚《こ》びるほかない。

次いで佐和橋も年齢に似合わず、勃《た》つものを勃たせたうえで、やたら元気に紗奈をレイプした。ゲンとちがい無駄口をいっさい叩《たた》かない。紗奈を仰向《あおむ》けにし、上に覆いかぶさり、ひたすら腰を振った。行為が終わると、風呂《ふろ》上がりのような呻きを響かせ、佐和橋は身体を起こした。

ゲンが佐和橋にきいた。「フィリピーナよりよかったろ」

「ぬかせ」佐和橋がズボンのベルトを締め直した。「あれはあれで悪くねえんだ」

高齢のヤクザふたりも、性欲に区切りがついたところで、冷静に協議を始めた。ゲンが佐和橋に提言した。「三人ともいっぺんに片づけねえと、いろいろ面倒だな」

佐和橋は立ったまま寝ているように、しばし目を閉じていたが、やがて皺《しわ》だらけの仏頂面で応じた。「とりあえずミニバンかっぱらってきたから、三人とも後ろに積め」

「じゃガキどもも何人か、佐和橋さんのミニバンに乗せるか。積み下ろし要員として」

「そんなもん駄目だ。死体積んでるクルマがサツに停められてみろ。ガキが一緒に乗ってちゃ、そいつら一生ムショ暮らしだ」

「そっか」ゲンが不良グループのバイクを眺めた。「おめえらばらばらについてこい」

「この時間なら」佐和橋が腕時計を眺めた。「逗子《ずし》までひとっ走りしたところで、たいして時間はかからねえ。俺は横浜横須賀道《よこはまよこすか》から十六号。ゲンとガキらは環状二号経由で来てくれよ。あっちで落ち合えばいい。制限速度は守れよ」

ゲンは古株の暴力団員だが、佐和橋の素性については、梶梅もよく知らなかった。地元の暴力団に加わっていないのはたしかだが、ゲンとは古いつきあいのようだ。前にも女をひとりリンチで死なせたとき、死体遺棄に手を貸してくれた。そういうことを専門に請け負っているのかもしれない。なんにせよボランティアではない。どうせまた上納金の増額分をたっぷり要求される。

「よし」ゲンが顎《あご》をしゃくった。「運べ」

笹舘が二年の三人に目を向けた。三人は揃って紗奈のもとに歩きだす。一年のふたりは不満のいろをのぞかせながら、夫婦の死体の運搬にとりかかった。三年の梶梅は笹舘と同様、なにもせず見守る特権があたえられている。

ため息とともに笹舘がつぶやいた。「そこそこエキサイトできたか。でもこれで当分また金がかかる。考えるだけでうんざりだ」

「ちげえねえ」梶梅は笑ってみせた。

菅浦と榎垣、鷹城がわざわざ三人がかりで、全裸の紗奈を運びだす。紗奈の呻き声がかすかにきこえたものの、全身の筋肉が脱力しきり、もう指一本動かない。顔が無残に腫《は》れあがった紗奈は、死んだも同然のありさまだった。

煩わしい。さっさと終えたい。いま梶梅のなかにあるのはそれだけでしかなかった。こんなことが明るみにでて、警察に引っぱられるのはご免だ。フライドチキンを食えば骨は捨てる。呑気《のんき》なクズ一家が死んだ、それだけのことだ。夜中に縄張りに踏みこんでくるほうが悪い。ハイになって楽しんだもの勝ちだ。これが認められないようなら、生き甲斐《がい》はなにもない。

6

曇り空の下、懸野高校は昼休みの時間を迎えていた。生徒たちのざわめきは校舎の外まで届く。校庭も賑《にぎ》やかだとわかる。

校舎を挟んで、グラウンドとは反対側、ボール遊びが許されない職員用駐車場だった。一年A組、夏の制服姿の井戸根蓮は、アスファルトの上でサッカーボールを蹴《け》った。

ボールは一Cの尾苗のもとに転がっていった。眉なしの尾苗がボールを軽く蹴りかえす。わずかにわきに逸《そ》れた。井戸根はすばやく横移動し、足でボールを止めた。ふたたび尾苗に向けて蹴る。

「おい」尾苗がボールをトラップし、足もとに静止させた。「井戸根。そこのクルマ、サツのじゃねえのか」

蹴られたボールが転がってくる。井戸根はボールを蹴りかえした。近くを一瞥する。黒いクラウンが停まっていた。井戸根はつぶやいた。「知らねえ」

「前にも来てた。笹舘さんたちが校長室に呼ばれてよ」

「だからどうだってんだ」

ふたりはサッカーボールをパスしあった。身体を動かしていないと不安が募ってくる。生きていればこんな時間もしばしば訪れる。気にせずにいればいい。どうせたいしたことは起こらない。

もう七月中旬、夏休みは間近だ。外は蒸し暑かった。新入生だった井戸根も、すっかり高校生活に馴染《なじ》んでいた。先輩のパシリがおもな日常だが、強いバックがあるぶん、肩で風を切って歩ける。

勉強はできない。テストのときには、気弱な生徒に紙をまわし、答えを書かせればいい。馬鹿な担任は、井戸根も案外勉強できるな、そういって感心する。大人は単純だ。世のなか舐《な》めてかかるに越したことはない。

このところ夜の集まりが途絶えている。しばらく様子見しろ、ゲンがそんなふうに忠告してきたからだ。

あの夜、井戸根と尾苗は、笹舘らとともにバイクで逗子に向かった。真夜中の海原は真っ暗だった。海岸沿いの道路を走っていくと、行く手は上り坂になっていた。蛇行しつつ山中に深く分けいる。さらにわき道に入り、木立のなかをしばらく進んだ。その先にクルマが停まっていた。

先に到着済みの佐和橋が、もう準備を進めていた。ポリタンクを手にし、ミニバンの車体に液体を撒《ま》く。鼻につんとくる刺激臭。ガソリンだとわかった。

ゲンのクルマは遅れて到着した。ゴム手袋を嵌《は》めると、ゲンも佐和橋を手伝いだした。ミニバンのリアハッチを上方に開け放つ。

笹舘以下の七人グループは、黙って見守るしかなかった。車内を目にしたとたん、井戸根は寒気をおぼえた。有坂のオヤジとババアの死体、それに全裸の紗奈が、川の字に突っ伏している。廃工場ではなんとも思わなかったが、バイクで走るうち、頭が冷えてきたのかもしれない。いまはただ嫌気がさした。さっさとこの場を離れたい。

ゲンが振りかえり、三人を運びだすよう指示した。井戸根らが動こうとしたとき、佐和橋が片手をあげ制した。必要ねえよ、このまま燃やすからな。そういいながら佐和橋は、車内に積んだままの三人に、ガソリンを浴びせかけた。

紗奈の身体がびくっと痙攣《けいれん》したのち、緩慢に動いた。かすかに呻《うめ》き声を漏らす。瀕《ひん》死《し》だがまだ生きている。

佐和橋がマッチを擦った。クルマごと丸焼けにしたほうが、一家心中っぽくてよ。そういいながら佐和橋が、火のついたマッチをリアハッチに投げこんだ。

一瞬で目の前に赤い火球が膨れあがった。すぐに巨大な火柱が車体を包みこんだ。燃え盛る車内から甲高い悲鳴が響いた。言葉にならない叫びをきいた。炎のなかで紗奈の裸体が転げまわっている。必死に両手で宙を掻《か》きむしっていた。

吹きつける熱風がすごい。異様な暑さだった。火の明滅もやたら眩《まぶ》しい。風に煽《あお》られた炎がさらに燃えひろがる。クルマの周辺に火の粉が飛んだ。雑草が野焼きのごとく赤く染まりだした。

ゲンが怒鳴った。下がれ。ガソリンタンクに引火したら吹っ飛ぶからな。

紗奈の悲鳴はなかなかやまなかった。井戸根は苛立ちをおぼえた。両手で耳を塞《ふさ》ぎたくなるが、それでは上級生に言いわけが立たない。同じ一年の尾苗は、顔をひきつらせながらも、クルマから目を離さずにいる。ここで腰が引けたら最下位のパシリだ。

車体が揺れた。炎のなかで人影が果てたのがわかる。ようやく悲鳴が途絶えた。ゲンが佐和橋をうながし、自分のクルマに戻っていく。笹舘も踵《きびす》をかえした。井戸根はほっとした。やっとここを離れられる。

撤収の先頭もゲンのクルマだった。バイクの群れが後につづいた。山道を下っていくとき、花火に似た破裂音をきいた。ガソリンタンクだろう。思ったほど派手な音ではなかった。

パトランプが行く手に立ちふさがるのでは、そう思うと気が気でなかった。だが車列は遮られることなく、ひたすら快走しつづけた。サイレンが遠くで涌《わ》いた。反応はそれだけだった。川崎に帰るまで、警察とは遭遇せずに済んだ。

井戸根の父はヤクザだった。幼いころの井戸根は、その事実について特に意識していなかった。日本刀や木刀、猟銃が家に転がっていても、それがふつうだと思っていた。小学校にあがると、父があまり稼げなくなった。思うようにみかじめ料を徴収できない、そんな世間の風潮の変化が背景にあったらしい。家庭内暴力や夫婦喧嘩《げんか》がつづいた末、母は家をでていった。父はいちおうカタギに鞍替《くらが》えした。いまは職人仕事で生活を支えている。

父と息子ふたりきりの井戸根家は、ちっぽけな戸建て暮らしだ。逗子から帰った翌朝、茶の間のテレビがニュースを伝えていた。山中で親子三人の焼死体が見つかったという。

数日後には身元も判明した。有坂嘉隆さん（47）、有坂華音さん（44）、有坂紗奈さん（16）。授業を受けるのが苦手な井戸根は、キャスターの説明に耳を傾けるのも、やはり苦痛でしかなかった。大人の喋《しゃべ》りは小難しい。ききたくないという心理も働いているのかもしれない。それでもDNA鑑定により三人の素性が確認されたとか、他殺と自殺の両面で捜査しているとか、おおまかな情報は理解できた。

ずっと廃工場には行っていない。警察があの辺りを調べたという話もきこえてこない。あれは秘密のアジトだ。グループの縄張りは知れ渡っていても、警察があの廃工場を調べるには、ガサ状が必要なはずだ。地権者が警察を嫌っているから、任意では絶対に調べられることがない。ここ数か月間、何度も豪雨があった。証拠なんてきれいに洗い流されてしまっている。

葬式はやけに遅かった。捜査の都合だろう。ついこのあいだ、ようやく催されたばかりだ。一Bの担任やクラスメイトらが出席したらしい。むろん井戸根たちは無関係を装った。葬場になった有坂家にも寄りつかなかった。緊急集会で校長がお悔やみを口にした。女子生徒たちが泣いていた。井戸根はなんとも思わなかった。疑いが自分たちに向けられやしまいか、心配はそれだけだった。

刑事が何度か家を訪ねてきた。井戸根は父とともに応対した。なにも知らない、いつもそう答えるに留《とど》めた。以前の万引きのときより、いかつい顔の刑事がふたり、厳《いか》めしい表情で詰問してきた。むかつく大人たちだった。根拠もないくせに、夜間に外を出歩いていないか、悪い仲間とつるんでいないかと鎌《かま》をかけてくる。

川崎区南町は狭い。井戸根が不良グループの一員であることぐらい、近所の誰もが知っている。警察にも筒抜けだろう。ふだん見逃しているくせに、こんなときだけ執《しつ》拗《よう》に追及してくる。

井戸根は無心にサッカーボールを蹴っていた。ひと蹴りに力が籠《こ》もった。放物線を描いたボールが、近くのクルマを直撃した。警察のクラウンではなかったが、車体の側面が凹《へこ》んだ。

尾苗が硬い顔で駆け寄り、転がったボールを確保した。蹴りが小さくなった。ふたりとも素知らぬ顔で、ボールを互いにパスしつづけるものの、気まずさは否めない。やがて嫌気がさしたように、尾苗がボールに足を乗せた。リフティングして両手のなかに抱える。

校内放送がきこえた。「生徒の呼びだしを申しあげます。一年A組、井戸根蓮君。一年C組、尾苗周市君。至急校長室まで来てください」

嫌悪感と憂鬱《ゆううつ》な気分がひろがりだす。尾苗も露骨に顔をしかめていた。それでも呼びだしは無視できない。ふたりは校舎に向かった。サッカーボールはもともと拾った物だ。尾苗が昇降口にボールを放りだした。

ふたりで校長室を訪ねる。一A担任の男性教師、吉野《よしの》が開いたドアの前に立っていた。一C担任の永保も一緒にいる。井戸根と尾苗は歩を速めず、だらだらと歩いた。教師たちは不満げな面持ちながら、根気強くまっている。頭を下げながら校長室に入る。校長と教頭のほか、接客用ソファのふたりが立ちあがった。

どちらも見た顔だった。井戸根の家を訪ねてきた刑事たちだ。尾苗の家にも同じふたりが来たときいている。いろの浅黒い四十歳前後が須藤《すどう》。それよりいくらか若い角刈りが津田《つだ》。両方とも生活指導の体育教師のような面構えだった。

井戸根は尾苗とともに、ソファに並んで座らされた。向かいには須藤と津田が腰を下ろす。わきのソファに校長と教頭。ふたりの担任教師は立っていた。

須藤刑事が無表情にいった。「なんべんも家を訪ねて悪いね。きょうは学校まで押しかけてしまって。しかしどうしてもききたいことがある。本当はきみらのほうから喋ってくれると助かるんだが」

尾苗がたずねかえした。「なんですか」

津田刑事のほうは遠慮がなかった。「有坂紗奈さん一家の件。わかってるだろ」

「はい。いえ、はいってのは、知ってるってだけで」

「なにを知ってる」

「死ん……亡くなったってことを」

「ほかにも知ってることがあるな？」

「……さあ」

須藤刑事は身を乗りだした。沈黙を守る井戸根を、須藤がじっと見つめてきた。

「三年の笹舘君と梶梅君。二年の菅浦君と榎垣君、鷹城君。きみらの先輩だな。ふだん仲よくしてるんだろ？」

前にも家で同じ質問を受けた。そのときには笹舘や梶梅と呼び捨てだった。君をつけたのは校長以下、教師たちの前だからだろう。やはり刑事たちも自己保身に走りがちな大人にすぎない。

井戸根は小声で応じた。「仲よくっていうか……。知ってる先輩らですけど」

「なにがあったか教えてくれないか」

担任の吉野がうながした。「井戸根君。先生からも頼むよ。正直に話したほうがいい」

かえって反感が募った。吉野までが君づけか。猫をかぶってやがる。最初からなにも打ち明ける気などなかったが、こうなるともう口をきく気すら起きない。

しばし沈黙があった。須藤刑事がため息をついた。「クルマは全焼だったが、燃え尽きる前にガソリンタンクが破裂したらしくてな」

津田刑事がしかめっ面でつづけた。「ほとんど焦げていない部品が、地面に散乱してた。翌朝には警察が回収した。そこからいろいろわかった」

また沈黙が生じた。静寂に耐えかねたかのように、尾苗がぼそりときいた。「指紋とか……?」

井戸根はいらっとし、尾苗の足を軽く踏んだ。黙るよう無言のうちにうながす。尾苗が目を泳がせた。

ハッタリだ。三人をミニバンのリアハッチに積みこむとき、クルマにはいっさい触るな、そのように佐和橋が釘《くぎ》を刺してきた。井戸根も尾苗も指示に従った。二年生たちも確実に言いつけを守っただろう。指紋なんか残っているわけがない。

須藤刑事が醒《さ》めた目を尾苗に向けた。「指紋だけじゃなくてな。ホシのDNA型が残るんだよ。汗が落ちるし、指先以外が触れても皮膚片が付着する」

すかさず津田刑事が付け加えた。「髪の毛もな」

黙りこむしかなかった。尾苗はうつむいている。耳もとまで真っ赤になっていた。井戸根の脈拍もせわしなく打った。だがやはりハッタリにちがいない。証拠をつかんでいるのなら、こんな悠長な会話はないはずだ。

どんなに問い詰められようが口を割ったりはしない。笹舘らにリンチされ、悪くすれば殺されてしまう。死の滑車に吊《つる》されたくはない。

かなりの時間が過ぎた。チャイムが鳴った。大人たちが一様に諦《あきら》め顔になった。

須藤刑事がさばさばした態度で立ちあがった。「邪魔したね。話したくなったら、いつでも先生に声をかけてほしい。私たちが飛んでくるから」

津田刑事も憤然とした態度をしめしつつ、須藤に倣った。ふたりが退室を始める。校長と教頭が腰を浮かせ、恐縮したようすで深々と頭をさげる。

担任の吉野と永保が目でうながしてくる。尾苗が先に席を立った。井戸根もそれにつづいた。さすがに悠然とは歩けず、足ばやに廊下にでた。

ふたりの担任教師は、まだ校長室に居残っていた。校長におじぎをし、なにやらぼそぼそと話している。そのため井戸根と尾苗は一時的に、廊下でふたりきりになった。いや正確には、周りに誰もいないわけではない。先を歩いていた刑事らが振りかえる。担任教師らがまだ現れないと知ってか、須藤刑事が戻ってきた。津田刑事も後を追ってくる。

さっきまで多少なりとも、礼儀をわきまえる態度をしめしていた須藤が、鬼の形相でささやいた。「おまえらが高校生だろうが容赦しねえからな。家裁もきっと刑事裁判を認める。全員豚箱にぶちこんでやるからそう思え」

担任教師たちが校長室からでてきた。ふたりの刑事は背を向け、廊下を立ち去っていった。

尾苗が泣きそうな顔になっている。井戸根は尾苗の肩を叩《たた》き、一緒に歩きだした。背後を担任教師らがついてくる。よって尾苗と言葉を交わせない。それでも断固として意思を通じ合おうとした。脅しになんか屈するな。責められる謂《いわ》れはない。どうでもいい一家を焼き捨てただけだ。取り立てて罪は犯していない。

7

イタリアの街並みを模したラ・チッタデッラは、川崎に住んでいる人間の目には、さほど異国情緒が感じられない。駅周辺にテーマパーク然とした、多少お洒落《しゃれ》な一角があるというだけだ。それもテナントは映画館とレストラン以外、フィットネス・ジムや個室サウナと、高校生にはほとんど縁がない。自撮りの背景という用途なら、とっくに隅々まで使いきった。

一Dの中澤陽葵が、学校帰りに足を運ぶのは、いつも一階のタワーレコードにかぎられる。広々とした店内には品揃えが充実している。

とはいえきょうは気が休まらない。流行《はや》りのK‐POPグループの、限定ニューアルバムの発売日だった。それもブックレットやステッカーを同梱《どうこん》した豪華パッケージ。アマゾンではとっくに品切れになり、転売屋のせいで価格が高騰している。川崎のタワレコといえど安心はできない。

足ばやにK‐POPコーナーをめざした。大きな販売台が展開されていて、少し離れた場所からも目に入った。パネルやポスターなど販促用の装飾は充実している。ただしワゴンの上はすでに寂しくなっていた。商品は数点残るのみと一見してわかる。

あわてて駆け寄ろうとしたとき、販売台の前に立つ女子高生に注意を引かれた。

陽葵は思わず足をとめた。川崎市立芳西《ほうさい》高校の夏の制服だった。まさしくK‐POPのガールズグループにいそうなほどの痩身《そうしん》。頭部はこぶしのように小さく見え、腰が引き締まり、脚はとんでもなく長い。ストレートロングの黒髪が、透明感のある白い肌の小顔を際立たせる。くっきりとした二重まぶた。猫のように大きく、わずかに吊《つ》りあがった目が、販売台を見下ろしている。

女子高生は販売台からアルバムをひとつ手にとり、レジへと歩き去った。陽葵は唖《あ》然《ぜん》としながら女子高生を眺めつづけた。

恐ろしく整った顔立ち、並外れた美人。後ろ姿さえ視線を逸《そ》らせられない。学校でも人気者にちがいない。

初めて見たのに、なぜか懐かしい感じすらしてくる。女子高生がレジで会計を済ませ、店外にでていくまで、陽葵は立ち尽くしていた。まっすぐ伸びた背筋、モデルのように優雅な歩調。ただ痩《や》せているだけでなく、鍛え抜いた身体つきに思える。

視界から女子高生が消え、しばし時間が過ぎた。はっと我にかえると、女子中学生らが販売台に群がっていた。嬉《き》々《き》としてアルバムを漁《あさ》り、レジへと運んでいく。

陽葵は急ぎ販売台に近づいた。残るアルバムは一点のみだった。迷わずすくいあげる。胸のうちに喜びと安堵《あんど》がひろがった。売り切れ寸前、最後の宝物を手にいれた。

レジで会計を済ませ、店の外にでた。そこはまだ建物のなかになる。円形のホールの壁面はガラス張りで、タワレコの店内が透過して見えている。そんなガラス壁を背にし、懸野高校の男子生徒がふたり、手持ち無沙汰《ぶさた》に立っていた。どちらも夏の制服を着崩している。視界の端にとらえただけで、ふたりが顔見知りだとわかった。

褐色のぼさぼさ頭に馬面の二年生、菅浦が連れに嘆いた。「ねえな。どうする？」

肥満体に坊主頭の榎垣がこちらを一瞥《いちべつ》した。陽葵は歩を速めた。不良ふたりの会話は途絶えた。揃って睨《にら》みつけてくる視線を、陽葵は背に感じていた。

ようやく建物をでた。石畳の広場にイタリアっぽい景観、けれども実体は川崎駅付近でしかない。時刻は夕方だったが、七月中旬のこの時期、まだ辺りは明るかった。大勢の人々が行き交うなか、ガラの悪い若者がいたとしても、周りは無関心をきめこむのが常だ。

嫌な予感は的中した。ふたりの靴音が追いかけてくる。菅浦が行く手にまわりこんできた。

「まてよ」菅浦が立ちふさがった。「おめえたしか一年の、ええと、中澤だっけ」

太った榎垣も絡んできた。「Kブスのひとりだよな。目が腐るダンスをしやがる」

菅浦の目が陽葵の手もとに向いた。タワレコの黄いろいポリ袋を、陽葵の手からひったくる。「なにを買った？　見せろ」

躊躇《ちゅうちょ》なくポリ袋を開封し、中身を引っぱりだす。アルバムを確認したとたん、菅浦が顔を輝かせた。

榎垣の声も弾みだした。「ビンゴ！　こいつが最後に買ってやがった」

どうやらふたりは、陽葵がレジに向かったのち入店したらしい。あちこちのCDショップをめぐったにちがいない。

菅浦がにやにやしながら陽葵にいった。「これ譲ってくれよ」

「あの……」陽葵はたじろぎながら、蚊の鳴くような声を絞りだした。「困ります」

「俺たちだって困る。いったんおめえが買ったからには、もうこれ中古だよな？　中古CDをどっかに買い取りで持ちこんで、いくらぐらいになる？」

榎垣が痰《たん》を吐き捨てた。「せいぜい数百円だろ」

「なら」菅浦は陽葵から目を離さなかった。「タダと変わらねえじゃねえか。これ、くれてもかまわねえだろ？　曲なんかどっかでダウンロードできるだろうし」

膝《ひざ》が震えた。これがカツアゲというものにちがいない。菅浦たちがアルバムに興味があるとは思えなかった。転売目的だろう。たぶん三年生の笹舘からの指示だ。

突っぱねるような勇気はしめせない。前はただの不良グループという認識だったが、いまはもう事情が異なる。

有坂紗奈とその両親を殺したのは、笹舘たちかもしれない。そんな噂がささやかれていた。警察が学校に来て、不良グループから事情をきいたらしい。しかし誰も逮捕されていない。事実ではなかったのか。そうともいいきれない。ただ証拠がないだけだ。

紗奈は菅浦たちに毅然《きぜん》とした態度をとった。体育館の扉をぴしゃりと閉めた。あのていどのことで、不良たちが人殺しにまでおよぶはずがない、常識で考えればそうなる。だが笹舘のグループに常識は当てはまらない。やたら子供じみた思考で、わずかでも意に沿わないことがあると、とたんに激昂《げきこう》する。

噂が流れだしてから、懸野高校の生徒たちは、笹舘らを恐れるようになった。教師までもが敬遠し始めた。ふつうなら不良グループは孤立を深めていくはずだ。ところが笹舘らは畏怖《いふ》されること自体を、心地よく感じているらしい。まるで天下をとったかのごとく、以前にも増して我がもの顔で振る舞いだした。

逆らえば殺されるかもしれない。そんな恐怖が背景にあるため、誰もが従順にならざるをえない。露骨に笹舘らに媚《こ》びる生徒も少なくなかった。大人社会による干渉や抑制にも期待できない。この界隈《かいわい》では不良にヤクザの後ろ盾があるからだ。

どういう心境なのか、不良とつきあう女子生徒も絶えない。ガラの悪さや荒っぽさを、男らしさと錯覚しているのだろうか。陽葵にはまるで理解できない思考だった。

菅浦が片手でポリ袋を高く掲げた。念を押すようにたずねてくる。「もらってくぞ?」

有無をいわせない口調だった。陽葵は黙るしかなかった。菅浦が立ち去ろうとする。榎垣も陽葵を睨みつけ、菅浦に歩調を合わせた。ふたりは甲高い声で笑いあいながら、人混みのなかを遠ざかった。

その場にたたずむうち、涙が滲《にじ》みそうになった。悔しさなのか怒りなのか、自分の感情を直視することさえ嫌になる。情けなさを自覚したくなかった。

ダンスサークルの友達は、みながっかりするだろう。視線が自然に石畳に落ちる。項垂《うなだ》れながら陽葵は歩きだそうとした。

そのときふいに、黄いろいポリ袋が目の前に差しだされた。

陽葵ははっとして顔をあげた。さっきタワレコの店内で見かけた、芳西高校の女子生徒が立っていた。あの猫のような目が陽葵に向けられている。

「これ」女子高生は無表情だった。「あげるから」

思いもかけない行為に動揺せざるをえない。陽葵は女子高生を見かえした。「でも、これ……。あなたが買った物でしょ?」

「ダウンロードするからいい」

「そんな……。アルバムの特典がいっぱいついてるのに」

「そういうのがほしかったわけじゃないし。ただ聴いてみようかなと思っただけで」

陽葵は女子高生の顔を眺めた。すっきり通った鼻筋、適度に薄い唇、ごく小さな下《した》顎《あご》。すべてが適正なバランスを保っている。大きな瞳《ひとみ》は澄みきっていた。気遣いに満ちたまなざしが陽葵に注がれる。

初対面のはずなのに、やはりそんな気がしない。どことなく紗奈に似ている気もする。けれども思いすごしにちがいない。注視するまでもなく、顔のつくりがまるでちがう。声が低くハスキーだし、態度もやたら落ち着いていた。一瞬は姉かもと疑ったが、紗奈はひとりっ子だったはずだ。

女子高生はタワレコのポリ袋を、陽葵の胸に押しつけてきた。思わず陽葵は両手を袋に這《は》わせた。すると女子高生が手を放した。陽葵が受けとったかたちになった。

「あのう」陽葵は恐縮しながらいった。「ありがとう。お金は払うから……」

「いい。お店のレジに払ったでしょ」

「でもそれは……」

にこりともせず女子高生が踵《きびす》をかえした。にわかに立ち去ろうとする。

「まって」陽葵はあわてて呼びとめた。「ダウンロードしなくても、CDからメモリーカードとかに、データをコピーできるから……。わたし、懸野高校一Dの中澤陽葵。

名前きいてもいい？」

女子高生はなぜかスマホを手に、プロフィール画面を見せた。江崎瑛里華《えざきえりか》とある。

「江崎さん？」陽葵はきいた。「何年生？」

「一年」

「あー。じゃわたしと同じだね」陽葵はスマホをとりだした。「ラインのアカウントかなにかある？　ＣＤの中身をコピーしたら連絡するから……」

瑛里華は陽葵の手もとに目を落とした。「しまって」

「え？」

「その袋、しまっといたほうがいい。さっきみたいな人たちに見つかったら、またカツアゲされちゃうでしょ」

「……そうだよね。たしかにそう」陽葵はカバンを開け、なかにポリ袋をおさめた。しっかりとカバンの口を閉じる。「わたしダンスサークルに所属してて、いつもＣＤはみんなでお金だしあって買うんだけど、今回のはやたら人気があってね……」

陽葵は顔をあげた。とたんに絶句した。辺りを見まわす。行き交う人々の歩は速かった。雑踏のなかに目を凝らした。江崎瑛里華の姿はどこにもなかった。

8

一Cの植村和真は多摩川見晴らし公園にいた。河川敷の芝生に腰を下ろし、画板に挟んだ画用紙に、水彩画の筆を走らせる。空に浮かぶ雲が赤く染まりだしていた。夏は日が長いが、あえて斜陽の訪れをまち、この時間に描きだした。

もちろん赤みはどんどん濃くなる。ほどなく藍《あい》いろに変わっていくだろう。辺り一帯も暗くなる。しかし肝心な色彩を観察し、絵の具で再現できれば、あとは記憶だけで仕上げられる。カメラに撮っておく必要もなかった。記憶に残るいろ合いを再現することにこそ、水彩画を描く喜びがある。

海が近いため川幅は広い。カモメが舞っている。対岸の草野球場から、子供たちの歓声がきこえてくる。下流側の少し離れた場所に鉄橋があった。電車がひっきりなしに行き交う。

騒々しくは感じない。のどかな環境音でしかない。川沿いの公園は高層マンション群に囲まれているが、川面《かわも》を眺めるかぎり、閉塞《へいそく》感とは無縁の風景に没入できる。

植村は学校帰りの制服姿だった。懸野高校の制服がちらほらいる。ほとんどはカップルだが、キャッチボールをする男子生徒らも見かける。ほかは近隣住民の散歩だった。ベビーカーを押す母親、犬を連れた老夫婦。

よその高校の制服を着た女子生徒がひとり、なぜか歩み寄ってくる。植村は視界の端にとらえた。近くを通りすぎるだけだろう。そう思いながら平筆で川面に波を表現していく。

女子高生は近くに立ちどまった。しばし黙って見下ろしている。植村は妙に感じ、女子生徒の顔を仰いだ。

長い黒髪が風にそよいでいる。白い小顔のかなりの面積を占める、吊《つ》りあがった大きな目がふたつ、水彩画の上に落ちていた。特になんの表情も浮かべず、女子高生がささやいた。「暗い」

「……なにが？」

「くすんでて重い」女子高生が川面に視線を転じた。「こんなに光があふれてるのに」

「ああ……。美術の先生にも指摘されたよ。前とは絵柄が変わったって」

「前はどんなのを描いてたの？」

戸惑いとともに植村はきいた。「失礼だけど、誰？　会ったことはないよね？」

「江崎瑛里華」女子高生が隣に腰を下ろした。スカートから伸びる長い脚を、持て余すように折り曲げる。「芳西高校の一年」

同年齢の女子がためらいもなく、近くに並んで座った。しかもモデルかアイドルとしても通用しそうなほどのルックス、絶世の美少女ではないか。

ただし愛想のかけらもない仏頂面が、どうにも絡みづらい雰囲気を醸しだす。とはいえ話しかけてきたのは彼女のほうからだ。

植村は瑛里華と名乗る女子高生と、なかなか目を合わせられなかった。「きみも絵を描くの？」

瑛里華が首を横に振った。「見るだけ。偉そうなことはいえないよね」

「いや……。感想は自由だよ」

前にも同じようなことを問いかけた、そのことを思いだした。有坂紗奈は水彩画が得意そうだった。返答は人によって異なる。当たり前だろう。紗奈はもうこの世にいない。

電車の走行音が厳かに響く。瑛里華は川を眺めた。「なにかあった？」

「え？」植村は当惑を深めた。「なんの話？」

「本来は絵を描くのが好きそうなのに、あまり楽しそうじゃないから」

苦笑が漏れたものの、心が寂寥《せきりょう》に沈んでいく。植村はうつむいた。「まあね。最近いろいろ辛《つら》いことがあったから」

「どんな？」

「うちの学校……懸野高校で起きた事件、知ってるよね？」

「さあ」

また困惑せざるをえない。あんなに大々的に報じられた事件を、最寄りの高校の生徒が知らない。ありうるだろうか。

いや。植村のほうこそ、被害者と知り合いだったせいで、近視眼的な思考にとらわれているのかもしれない。ニュースに関心を持たない人々もいるだろう。近隣の高校であっても、噂で持ちきりということはないのかもしれない。朝礼で校長が言及しても、耳を傾けていなかった、そんな状況もありうる。

なんにせよ、いまここにいる彼女には関係のない話だ。陰惨な事件の詳細を口にするのも憚《はばか》られる。

それより植村のなかに、ひとつの衝動めいた思いが募りだした。「あのさ」

「なに？」

「絵に描かせてくれない？」

瑛里華が黙って植村を見つめてきた。

植村はうろたえながら弁明した。「嫌ならいいんだよ。気分を悪くしたならごめん。ただ、そのう……」

言葉がでてこない。美を目にしたら描きたくなる、それが本音だった。しかしそれこそ気味悪がられる発言だろう。

ところが瑛里華は不快そうな反応をしめさなかった。ただ憂いのいろを浮かべた。「わたし、そんなに長くいられないし」

「いいんだよ。スケッチさえさせてくれれば、あとは観察したとおりに再現していくから」

「わかった」瑛里華は少し離れて座り直した。「ここでいい？」

植村はあわてて画用紙を取り替え、鉛筆を手にとった。「もう少し顔をこっちに傾けて。そう。それでオーケー」

「喋《しゃべ》っちゃだめ？」

「いや」植村はすばやく鉛筆を走らせた。輪郭線でおおまかな特徴をとらえる。視覚にとらえたものを脳裏に焼きつけながら、自然に手を動かしていく。「力を抜いて。意識せずにいてほしい。少しぐらい動いてもかまわないから」

スケッチの早い段階で、目については細かく描きこむ。黒目の中心からしだいに外側へと描写していく。

　モデルを緊張させないため、植村は世間話のような口調で問いかけた。「部活は？」

「入ってない」

「へえ。なにか趣味は……？」

「特にない」

　目もとの濃淡について、ほぼ下地ができあがったところで、鼻の形状を読みとっていく。薄い唇への光の当たりぐあいを、正確に写しとっておかねばならない。この辺りのことは、絵が完成したときの印象に、大きな影響をあたえる。

　顔のデッサンがほぼできあがった。植村の手がふととまった。

　しばし沈黙があった。瑛里華がきいてきた。「どうかした？」

「いや……」植村は思わず口ごもった。

　対象の特徴を抽出し、まず鉛筆画として表現していく。初対面のモデルのはずだ。なのに自分が描いた人物画を眺めるうち、奇妙な既視感が生じてくる。顔かたちに記憶はなく、目もとも新鮮に感じるものの、全体を見つめ直すと印象が変わる。さっきまではまったく思わなかったが、どことなく紗奈に似ている。

　植村はたずねた。「有坂紗奈さんを知ってる？」

「なんでもない」

「誰？」

説明がためらわれる。植村はまた言葉を濁した。同級生らの顔つきも、いくつかの系統に分類できたりする。まして瑛里華の場合は、もっと漠然とした印象が似通っているだけだ。紗奈のことをいまでも強く意識しているせいもあるだろう。むろん思いださない日はない。

ふいにけたたましいエンジン音が轟《とどろ》き、辺りの静寂を破った。ふかすごとにノイズの音程が高くなる。

植村は土手の上方を振りかえった。バイクが連なって停車している。先頭は三年の笹舘、横に並ぶのは梶梅。黒のTシャツのオラオラ系ファッションが共通している。ふたりがまたがるのはかなり大型のバイクだ。それよりはいくらか小ぶりなバイクが後につづく。刈りあげた頭に眼鏡は二年の鷹城。一年の井戸根と尾苗もいた。校則でバイクは禁じられているが、不良グループはおかまいなしだった。

全員の目がこちらを見下ろしている。わざわざエンジンを吹かしたのは、すなわち植村に吠《ほ》えたらしい。

緊張せざるをえない。植村は瑛里華に向き直った。瑛里華は素知らぬ顔で、絵のモデルを務めつづけ、川面《かわも》を眺めている。

植村はいった。「あのさ……。特徴はぜんぶとらえた。あとは僕ひとりで仕上げられるよ」

もう少しつきあえるけど」

「だいじょうぶ。できあがったら見てほしい。でもいまはもう帰っていいから」植村はまた土手を振りかえった。エンジン音が途絶えたからだ。

笹舘がバイクを降り、先陣を切って斜面を下ってくる。ほかの面々もそれに倣った。まずい。植村はうろたえた。瑛里華をこの場に留《とど》めるわけにはいかない。だが理由をきちんと伝えなければ、瑛里華は追い払われたと感じ、気を悪くしてしまうだろう。

声をひそめながら、植村は急ぎ瑛里華に告げた。「あいつらに目をつけられた。きみを巻きこみたくない」

「あいつら?」瑛里華は土手を眺めた。「あれ誰?」

「見ないほうがいい。うちの三年の笹舘ってやつ。不良グループのリーダーだよ。ほかの四人のうち、ふたりは僕と同じ一年」

「べつにかまわなくない? 関係ないし」

「頼むよ。いつもいざこざを起こすやつらなんだ。暴力沙汰《ざた》も日常茶飯事だし、凶悪事件を起こした可能性も……。とにかく僕から離れたほうがいい」

「わかった」瑛里華が腰を浮かせた。「ありがとう。心配してくれて」

ぶっきらぼうな物言いにも思えるが、本心はよくわからない。瑛里華は感情をのぞかせなかった。植村に背を向けると、瑛里華は黙って歩き去った。

ほどなく不良グループが植村を囲んで立った。笹舘が見下ろしながらいった。「うちの高校の制服じゃねえか」

井戸根がうなずいた。「一年の植村です。ただのカスですよ」

「ふうん」笹舘がしゃがんで、植村の顔を凝視してきた。「さっきのはおまえの女か?」

「ちがいます」植村は小声で応じた。

尾苗が笑った。「こんな童貞野郎に女なんて……」

「黙ってろ」笹舘が凄《すご》んだ。尾苗は顔を引きつらせ黙りこんだ。ふたたび笹舘の目が植村をとらえる。「女とは知り合いか?」

「さっき初めて会ったばかりです」

「名前をきいたか」

「江崎瑛里華とか……」

梶梅が笹舘にいった。「ありゃいい女だったぜ？　ちらっと見ただけだが、この絵はうまく描けてると思う」

笹舘の手が画用紙に伸びた。「よこせ」

植村は固まっていた。拒否しようにも身じろぎひとつできない。有坂紗奈の一家を惨殺したのは笹舘のグループ、そんな噂が駆けめぐっている。植村にとってはきわめて信憑性《しんぴょうせい》の高い話に思えた。

「おい笹舘」梶梅がうんざりした顔になった。「そんな画用紙、丸めるなり畳むなりして持ってくのか。ダサくねえか」

ふと笹舘の手がとまった。神妙な顔で画用紙を眺める。体裁にこだわる不良らしく、それもそうだ、そういいたげな顔になった。スマホをとりだし、カメラ機能でスケッチを撮影する。

「これでよし」笹舘がスマホをしまいこんだ。画用紙は放りだした。

鷹城が眉《まゆ》をひそめた。「女の似顔絵なんかどうするんスか？」

「また見かけたら拉致《らち》ってやるよ。こんなところをひとりでふらつくほど暇なら、男に飢えてるだろうしな」

井戸根が愉快そうな声を響かせた。「ちげえねえっす。植村なんかに声をかけやがるぐらいだし、よっぽどっすよ」

笹舘がまた植村を見下ろした。「消えろよ。めざわりだろが」

蹴《け》られた水入れが倒れ、なかの水があふれた。植村はあわてて道具を掻《か》き集めた。絵の具や筆、パレット、水入れ。不良たちが嘲笑《ちょうしょう》の声を響かせるなか、植村は描きかけの風景画と人物画を画板に挟み、そそくさと逃げだした。

整頓《せいとん》もついていない道具類を、両手で胸に抱える。いまにも落としてしまいそうだ。背後を振りかえると、笹舘たちが芝生の上に寝そべっていた。場所を奪ったことをよほど誇りたいらしい。まるで猿山のボスだと植村は思った。

やるせない気分で土手を駆け上る。小径《こみち》に達したとたん、抱えていた道具類をぶちまけてしまった。通りかかった自転車が迷惑そうに避《よ》けていく。すみません、植村はそう詫《わ》びながら、絵の具のチューブを拾い集めた。

すると白い手が伸びてきて、チューブをひとつずつつまみあげた。路面に落ちていた箱を片手に、チューブを色相環の順番どおり、丁寧におさめていく。

植村は唖然《あぜん》として顔をあげた。瑛里華が近くにしゃがんで、回収を手伝ってくれている。

ふしぎな存在に思えてきた。さっき河川敷で瑛里華は立ち去ったきり姿を消した。

いまはまたどこからともなく現れた。

道具類を拾い終え、すべてをカバンのなかにまとめた。ふたりは立ちあがった。瑛里華が無表情にささやいた。「水入れとパレット、早く洗わないと」

「……だいじょうぶだよ、家ぐらいまでなら」植村は瑛里華を見つめた。「ありがとう。親切にしてくれて」

「さっきの絵、完成したら見せてね」

「いいよ。どう連絡すればいい？」

「ここに来てくれれば、そのうち会えるから」

はぐらかされたような空虚さをおぼえる。本当は連絡先を交換したかった。しかし瑛里華の澄ました顔に、からかいの意思は感じられない。

瑛里華がきいた。「植村君はどっちに帰るの？」

「南町だから、駅のほうに歩いていって、線路の向こう側……」

「途中まで一緒に行こ」瑛里華は歩きだした。

植村は信じられない気分で、瑛里華と並んで歩いた。河川敷から笹舘らが見上げてくる。今度はさすがにいきり立って起きあがったりはしない。いまから追いかけても、植村と瑛里華が走りだせば、楽々と逃げられてしまうからだろう。メンツにこだわる不良らしい判断だった。ただ苦々しげな目はいっこうに離れない。

いつしか夕陽が辺りを赤く染めあげていた。瑛里華の端整な横顔を眺めた。希有《けう》な経験にちがいない。他校の見知らぬ女子生徒と知り合えた。紗奈が帰ってきたような安らぎをおぼえる。

9

一Dの中澤陽葵は放課後、懸野高校に足どめになった。窓の外が異様に暗い。土砂降りの豪雨だった。ときおり稲光が閃《ひらめ》き、数秒後に雷鳴も轟《とどろ》く。夕立がおさまるまで下校しないよう、校内放送も呼びかけていた。

雨が降りだす前に学校をでた生徒も多い。そのため校舎内はわりと閑散としている。ひっそりとした三階の廊下を、陽葵は歩いた。ここには特別教室が連なる。ダンスサークルは部活ではないが、集まるだけなら多目的教室を使っていい、そんな許可を教師から得ていた。

ただ広いばかりで、机も椅子もほとんどない、それが多目的教室だった。特に床が補強してあるわけでもない。少子化で空いた教室のひとつだと担任がいっていた。

陽葵が入室すると、ダンスサークルの友達四人が、窓際の机に群がっていた。みなひとつのタブレット端末に見いっている。お馴染《なじ》みのK‐POPソングが小さく響いていた。

誰も顔をあげない。陽葵は訝《いぶか》しく思った。「なに観てんの?」

四人はようやく陽葵の存在に気づいたらしい。芽依が目を輝かせ手招きした。「こっち来て、一緒に観てよ。この子すごいの」

なんだろう。陽葵は四人に加わった。タブレット端末の画面に、ユーチューブ動画が映しだされている。芳西高校の夏の制服を着た女子生徒が、ひとりでダンスを踊っていた。

場所は多摩川の河川敷だろうか。固定したスマホカメラの前で、ひたすら踊りつづける。振り付けを完璧《かんぺき》に再現しているばかりではない。アイソレーションにいささかのブレもなく、リズム感覚も抜きんでている。ウェーブは指先までしなり、一瞬の油断もなかった。長い黒髪の揺らぎまでダンスの一部だった。ポージングの角度も常に美しい。プロのアーティストそのものに見える。

ずっと仏頂面で踊りつづける女子高生に、四人は感心しきりだった。だが陽葵は別の理由で驚かざるをえなかった。

ラ・チッタデッラのタワレコで会った子だ。江崎瑛里華。彼女もダンスを踊るのか。しかもとんでもないレベルの技術を誇っている。

紬が笑顔になった。「かっこいい！　可愛くて、しかもクールだよね」

結菜も興奮ぎみにうなずいた。「ただのコピーじゃなくて、動作に一個ずつ表現が上乗せされてる感じ……。どうすればこんなふうに踊れるんだろ。体幹トレーニングかな？」

曲が最後まで達した。瑛里華が踊り終えると、なんの挨拶《あいさつ》もなく、動画はそこで終了した。穂乃香が画面をタップする。サムネイルがずらりと並んだ。ほかにもあらゆる曲のダンス動画が上がっている。どれも公開から一週間以内でしかない。なのに動画一点につき百万再生を超えていた。世界じゅうの言語で絶賛コメントばかりが並ぶ。チャンネル登録者数も三十万人を超えている。

アカウント名はＥＥ。江崎瑛里華のイニシャルだろうか。アイコンはうつむき加減の瑛里華の顔だったが、そちらの画質はかなりぼやけていた。

ボーイズグループの曲が再生された。場所はやはり河川敷だった。チャールストンステップやポップコーンステップのアレンジも難なくこなす。優雅さと力強さ、すばやさが一体となり、もはや芸術の域に到達していた。息切れも疲れもまったく見せない。

穂乃香がため息まじりにいった。「尊敬するしか……。この勢いならユーチューブからの収入もかなりあるよね？」

「でも」紬は頭を掻《か》いた。「芳西高校にこんな子いたっけ？　わたしの中学のころの友達、芳西に通ってるけどさ。全然知らないっていってた」

芽依も難しい顔で唸《うな》った。「いろいろ検索してみたけど、このEEって子、ティックトックもインスタもやってないんだよね……。芳西高校の制服を着てるだけなのかな？」

結菜が首をかしげた。「多摩川で撮ってるのに？　どこの誰だろ」

陽葵はささやいた。「江崎瑛里華さん……」

四人がぎょっとした顔になった。みな揃って陽葵を凝視してくる。芽依がうわずった声できいた。「なに!?　陽葵、この子知ってるの？」

「タワレコで会った。ほら、あのアルバム買いに行ったときに」

「マジで!?」穂乃香が目を丸くした。「生のEEに会ったの？　連絡先とかわかる？」

「いえ……。きこうと思ったんだけど、急にいなくなっちゃって」

一同が落胆をしめした。芽依が嘆いた。「陽葵のことだから嘘じゃないと思うけどさ。すがりついてでもラインのアカウントきくべきじゃない?」

「この動画、わたしは知らなかったし……」陽葵は感じたままを言葉にした。「江崎瑛里華さんって、なんだか紗奈に似てない?」

室内が静まりかえった。四人の顔から笑みが消えていった。気まずそうな視線ばかりが交錯する。

場の空気を読まない発言だっただろうか。たしかに有坂紗奈のことに触れるのは、いまや半ばタブーになっていた。果てしなく落ちこまざるをえないからだ。しかし陽葵にしてみれば、どうしても友達に問いかけたいことだった。

すると紬が神妙な表情になった。「わたしもじつは……ぼんやりとそう思ってた。紗奈っぽいよね?」

「え?」芽依がタブレット端末をとりあげた。顔をくっつけんばかりにして、ダンス動画を注視する。「あー。いわれてみればチャールストンのこなし方とか似てるかも。すらっとした体形も共通してるよね。でも紗奈には悪いけど、EEさんのほうが断然うまい……」

穂乃香が首を横に振った。「紗奈もじょうずだったから、なんとなく似てるように見えるだけでしょ。コピー元は同じK‐POPアーティストなんだから、そりゃうまくなれば似るって」

結菜は浮かない顔になった。「あんまりそんな話はしたくない」

沈黙がひろがった。陽葵を除く三人が、無言のうちに同意をしめす。窓の外に稲光が閃いた。依然として雨が激しく降っている。雷鳴が校舎を揺るがした。

紬がため息とともに立ちあがった。「せっかくだから練習しない？　すぐには帰れないんだし」

「賛成」穂乃香が同調した。

芽依は戸惑いをしめした。「多目的教室で許されてるのって、ミーティングだけでしょ？　ダンスの練習には先生の許可が必要だって……」

「そっか」紬が途方に暮れる反応をしめした。「きょう体育館はスペース空いてないしな」

陽葵は引き戸に向かいだした。「わたし、職員室できいてくる」

四人の返事をまたず、ひとり廊下にでた。憂鬱《ゆううつ》な感情にとらわれる。気まずさに耐えかね、逃げだしたも同然だった。

廊下を歩きながらスマホをいじる。ユーチューブ動画でEEを検索した。江崎瑛里華が河川敷で踊る姿を再生する。

小さな画面で観ると、顔の細部が判然としなくなるせいか、よけいに紗奈に見えてくる。とはいえ芽依の意見が正しい。さすがに紗奈といえども、ここまで完璧には踊れなかったはずだ。紗奈の腕や脚は細く長かったが、瑛里華のほうはいっそう引き締まっている。あらゆる動作がより迅速だった。

画面上で二本指を開くように滑らせ、動画を大きく拡大する。顔がはっきりした。やはり紗奈とはあきらかに別人だった。タワレコで会ったときのほうが、まだ似ている印象があった。

思いすごしか。陽葵はスマホから顔をあげた。職員室に急ぐべく歩を速めた。ぐずぐずしていると夕立がやんでしまう。

下り階段の手前で、ふと廊下のわきに目が向いた。開け放たれた引き戸のなかは美術室だった。窓の外が極端に暗いせいだろう、蛍光灯が点《つ》いている。無人のように見える。机の上に画材が散らばっていた。真んなかに水彩画が置いてある。

またしても衝撃を受けた。引き戸の前を通り過ぎてから足がとまり、思わず引きかえす。陽葵は美術室のなかをのぞいた。

自然に室内に足が向く。誰もいなかった。陽葵の目は水彩画に釘付《くぎづ》けになった。河川敷らしき芝生の上に座る女子高生の横顔。芳西高校の夏の制服。まぎれもなく江崎瑛里華だった。淡く幻想的な筆づかいだが、かなり写実的でもある。大きな猫のような目の、透き通るように澄みきった虹彩《こうさい》。斜陽とともに鮮やかに再現されていた。タワレコで会ったときの瑛里華、そのままの姿が描かれている。

靴音がきこえた。振りかえると男子生徒がひとり、水入れを片手に現れた。陽葵を見て驚いたように立ちどまる。

「あ」陽葵はいった。「勝手に入ってごめんなさい。わたし一Dの中澤。たしか一Cの……」

「植村」男子生徒が応じた。「なにか用?」

「いえ。この絵、とてもきれいに描けてるから」

「ありがとう」植村は机に向かった。水入れを置きながらつぶやいた。「モデルがよかったんだよ」

「江崎瑛里華さんだよね?」

ふいに植村の手がとまった。茫然《ぼうぜん》とした顔が見つめてくる。「彼女と知り合い?」

陽葵は首を横に振るしかなかった。「いちど会っただけ……」

「ああ」植村の表情が和らいだ。「同じだよ。多摩川見晴らし公園で偶然会った。時間がなかったから、大急ぎで特徴だけとらえてね」

「よく似てる」陽葵は思わず微笑した。「なんだか嬉《うれ》しい。もう会えないかと思ってた人に、また会えた喜びっていうか」

「僕もそんな気持ちで描いてる。こうして眺めるだけで満たされるよね」

感慨がこめられた物言いに思える。単に美人との再会を望んでいるだけではない、そんな気がした。この絵にもどことなく紗奈の面影が感じられる。ひょっとして植村も、瑛里華のなかに紗奈を見てとったのだろうか。

廊下にあわただしい足音が響いた。開いたままの引き戸から、制服を着崩した不良の群れが踏みこんでくる。三年の笹舘と梶梅。後ろにつづくのは二年の菅浦、榎垣に鷹城。さらに一年の井戸根と尾苗まで現れた。

不良グループが美術室のなかに散開した。陽葵は怖《お》じ気づきすくみあがった。植村も緊張の面持ちで立ち尽くしている。

菅浦が嘲《あざけ》るようにいった。「なんだよ。Kブスも一緒か」

笹舘の手が机の上に伸びる。瑛里華が描かれた画用紙をつかみあげた。「植村。このあいだは見せつけてくれたな。こいつと連れ添ってどこへ消えた？」

植村は表情を硬くした。「帰る方向が同じだっただけです。川崎駅近くで別れました」

「こいつの家はどこだよ」

「知りません」

「おまえ舐《な》めてんのか」笹舘が憤りをのぞかせ、植村に詰め寄った。「芳西高校の連れにきいたが、江崎瑛里華なんて知らねえってよ。本当の名前は？」

「本当に江崎瑛里華さんです」

梶梅が植村を怒鳴りつけた。「この野郎！　戯言《ざれごと》をほざきやがって」

陽葵はあわてて制した。「まってください。たしかに江崎瑛里華さんです。わたしも会いました」

榎垣が顔をしかめた。「Kブス。いい加減なこといってんじゃねえ」

「あの日のタワレコにいたじゃないですか」陽葵は榎垣にうったえた。「見なかったんですか」

菅浦と榎垣が怪訝《けげん》な顔を見合わせる。思いあたるふしがないというように、ふたりとも途方に暮れだした。

笹舘がじれったそうに吐き捨てた。「気にいらねえな。どっかの尻軽女《しりがる》が、植村みたいなゴミとイチャついて、俺たちは無視か」

植村は否定した。「べつにそんなこと……」

「うるせえ。こいつが誰だか知らねえが、俺たちから庇《かば》ってやがるんだろ。当てつけがましくこんな絵まで描きやがって」笹舘が両手で画用紙をつかんだ。いまにも破り捨てようとしている。

植村が制止しようと挑みかかった。だが笹舘に指一本触れないうちに、肥満体の榎垣が植村を羽交い締めにした。笹舘が鼻を鳴らした。また画用紙を破りにかかる。

そのとき菅浦が窓際で声を張った。「笹舘さん！　あれ見てください」

「あ？」笹舘は画用紙を机の上に投げ捨て、窓辺に歩み寄った。不良グループの全員がそれに倣う。瑛里華の肖像画は間一髪、破られずに済んだ。

七人の不良は窓際に並び、外を見下ろした。梶梅が不審そうにつぶやいた。「あの女、あんなとこでなにしてやがる」

陽葵は不良たちの後方に立っていた。鈴なりの背の隙間から、そっと窓の外を観察した。校庭の端と敷地外が見下ろせる。豪雨は依然として弱まる気配もない。稲光が雨足を照らしだす。

そんななか、ひとりの女子生徒が裏門をでていく。なぜか傘もささず、全身びしょ濡《ぬ》れだった。カバンすら手にしていない。長い黒髪が重たげに見える。前髪がうつむき加減の顔にかかり、目もとを覆っていた。

身体に張りついた服に、抜群のプロポーションが浮きあがっている。すらりとした痩身《そうしん》。江崎瑛里華を連想させるが、芳西高校ではなく、懸野高校の制服だった。

　あの門から下校する生徒はほとんどいない。行く手は古い小規模工場地帯の狭間《はざま》、左右がブロック塀の細道だった。ときおり塀に切れ間があるものの、スクラップ置き場や雑木林にしかつながっていない。民家が見えてくるのは何百メートルも先になる。それまではひとけがないうえ、ときおりホームレスがたむろすると噂される。過去に痴漢被害の訴えもあったため、教師たちも通学路に推奨していない。

　刈りあげた頭に眼鏡の鷹城が、いきなり声を弾ませた。「空手部の俺が先陣切っていいっすか」

　不良たちの下品な笑い声がこだました。梶梅がいった。「また始まったか。鷹城。こんなザーザー降りのなかでやるつもりかよ」

「ザーザー降りだから邪魔が入らないんすよ。あの辺りなら浮浪者のせいにできるし」

「おめえもずぶ濡れになるだろが」

「風邪なんか引きゃしません。空手で鍛えてますから。黒帯なんで」

　また不良たちが笑った。笹舘が鼻を鳴らした。「のんびりしてると、あの女、路地を抜けちまうぞ」

「ぜってぇ追いつきます」鷹城が身を翻し、引き戸に向かいだした。

梶梅がからかうようにきいた。「空手部って足も速えのか？」

「押忍《おす》」鷹城の後ろ姿が廊下に消えていった。

笹舘ら不良の六人が、笑い声を発しながら、足ばやに廊下へとでていく。鷹城を追いかけるつもりらしい。最後尾の井戸根が、陽葵と植村に吐き捨てていった。「チクるんじゃねえぞ」

集団の足音が遠ざかる。陽葵はため息をついた。植村も疲弊したように下を向いた。

傍若無人に振る舞う不良たちのやりたい放題。いつまで理不尽な状況のままなのだろう。さっきの女子生徒が気がかりだった。不良たちの報復を恐れてはいられない。教師に知らせねばならない。それで動いてくれる大人がいるかどうか、きわめて怪しいのだが。

10

二Cの鷹城宙翔は昇降口で靴に履き替え、豪雨の下に駆けだした。校庭には誰もいない。裏門をでて路地を走る。左右は古いブロック塀、辺りには白い靄《もや》が漂っていた。眼鏡に雨粒が付着するのが鬱陶《うっとう》しい。しかし刈り上げているおかげで、髪が頭皮に張りつく不快感をおぼえずに済む。むしろ天然のシャワーを爽快《そうかい》に感じる。全身ずぶ濡れになるのは興奮を高める。女も同じ状況のはずだ。泥水のなかに押し倒しヒイヒイいわせてやる。

細道の前方はわずかに蛇行していた。そのため遠方までは見通せない。微妙に直進から逸《そ》れる曲がり角に達したとき、鷹城は面食らった。足が自然にとまる。

いくらか前方にさっきの女子生徒が立っていた。こちらを向いている。濡れた前髪が垂れ、深くかぶった帽子の鍔《つば》のように、目もとを覆い隠していた。女子生徒はぶらりと動きだし、塀の切れ間から傍らの土地へと入っていった。

あきらかに鷹城を意識している。追ってくる靴音をききつけたらしい。道から外れたのはなぜか。そもそも傘をささず、豪雨のなかを下校することに、なにか理由はあるのか。

どうでもいいと鷹城は思った。それより透けぎみの夏の制服、水を含んだスカートが太腿《ふともも》に密着するさまに、鷹城の欲望は暴走を始めていた。ほかの理屈など後まわしだ。いまは快楽を得たい。それ以外にはなにも考えられない。

鷹城はふたたび駆けだした。まだ笹舘らは追いついていない。鷹城ひとりだった。女子生徒が消えていった塀の切れ間に達する。油断なくなかをのぞいた。

そこは廃車置き場だとわかった。トタン壁の小さな平屋やプレハブ小屋、タンク状の設備などが点在するが、どれもボロボロだった。面積の大半はスクラップ同然の車両ばかりが占めている。錆《さ》びついたボディが山積みになっていた。地面は剝《む》きだしの土で、いまや汚泥と化している。いたるところに水たまりができていた。

廃車の山の谷間に、女子高生がたたずんでいる。やはりこちらに身体を向けていたが、わずかにうつむき、鷹城を直視してはいない。

どういうつもりなのか。まさか誘っているのだろうか。女が身体を持て余し、半ばやけっぱちになり遊んでもらいたがる、そんな状況が頻繁にあると笹舘が話していた。イケメンの自慢話と聞き流していたが、案外鷹城にもありうるのかもしれない。この女子生徒はみずから、見知らぬ男に好きにされるのを望んでいるようだ。

鷹城は廃車置き場に踏みいった。性交を前提にして雄《オス》と見なされるのは悪い気分がしない。悠然と女子生徒のもとに歩み寄りつつ、鷹城は声を響かせた。「かまってほしいならよ、こんな殺風景なところじゃなく……」

信じられない光景に認知が追いつかない。鷹城はただ茫然《ぼうぜん》と立ち尽くした。女子生徒がいきなり突進してきた。それも異常な瞬発力と無駄のない走りで、一気に距離が詰まった。ぶつかる、そう思った寸前、硬い物が猛然と打撃を浴びせてきた。顔面と胸部を同時に強打された。目の前に火花が散った気がした。痺《しび》れに似た激痛がひろがる。足がふらつき、鷹城は直立を維持できなくなった。体勢が崩れ、水たまりのなかに叩《たた》きつけられた。

シャツとズボンが泥水をたっぷり吸いこむ。不快な冷たさが全身を覆った。鷹城は激しい怒りをおぼえた。尻餅《しりもち》をついたまま女子生徒を見あげた。「このクソ女……」

鷹城は凍りついた。眼鏡が飛ばされ、視界が極度にぼやけている。近くに立つ女子生徒の顔すら不明瞭《ふめいりよう》だった。女子生徒の痩身の左右に、長い腕が垂れ下がっている。どちらも素手だった。棒きれひとつ握っていない。ならばあの硬い打撃はなんだったのだろう。

女子高生の片脚が上がった。そう認識できたのも一瞬にすぎない。強烈な風圧とともに靴底が鷹城の眼前に迫る。鼻頭を真正面から叩き潰《つぶ》された。女子高生の脚がどんな動きをしているのか、まるで把握できないまま、縦横に連続し蹴《け》りを食らった。あまりのすばやさに身を退《ひ》くことさえかなわない。頬や顎《あご》の骨が砕かれるたび、甲高い音が内耳に反響した。

首から上の機能を失った。瞬《まばた》きひとつできない。雨粒に打たれる感覚すら麻痺《まひ》しつつある。視野は白ばみ、なにひとつ判然としない。耳鳴りがつづくなか、自分の呻《うめ》き声だけが籠《こ》もりぎみに響いた。聴覚もあてにならない。口のなかには血の味がひろがる。

なんとか唇や舌を動かせるようになった。喉《のど》に絡む痰《たん》を吐き捨てる。鷹城はふらつきながらも、かろうじて立ちあがった。意識が朦朧《もうろう》としている、それはたしかだ。鈍化した五感もいっこうに回復しない。とはいえ腕や脚は動く。こぶしを握りしめれば、力の入る実感があった。肉体の隅々まで麻痺したわけではない。

おぼろに見える女子生徒の顔は、依然として前髪が垂れ、目を覆い隠したままだ。こちらをろくに見ないとは、完全に舐《な》めきっている。

怒髪天を衝《つ》いた。鷹城は憤りにまかせ、空手の突きを放った。試合では寸止めを義務づけられているが、喧嘩《けんか》ではいつも相手の鼻っ柱を確実に折る。いまもそうしてやる。二度と人に見せられないツラにしてくれる。

ところが女子生徒の両腕が、バネ仕掛けのごとく瞬時に跳ねあがった。鷹城の腕をわきに捌《さば》いた。

それは鷹城が初めて意識できた、女子生徒によるフィジカルな動作だった。突きを捌きで躱《かわ》す。まぎれもなく空手の技の一種だった。すなわち女子生徒は理解不能な動きをとってはいない。ただ途方もなく迅速なだけだ。

とはいえ認知できたのはそこまでだった。人間に可能な技を繰りだしているとわかっても、そのスピードにはやはり追いつけない。太鼓の乱れ打ちのように、女子生徒の手刀が左右から見舞われる。木刀で力いっぱい殴りつけられるも同然に、首筋や横っ腹にめりこむ。またも骨が折れた感覚があった。神経に高圧電流が走ったかのようだ。猛烈な痺れが全身を襲う。さらに女子生徒の膝《ひざ》蹴《げ》りが鷹城の腹を深々と抉《えぐ》った。何発もの重い蹴りが絶え間なく浴びせられる。内臓が破裂したのか、嘔吐《おうと》感がこみあげ、口から血をぶちまけた。だが女子生徒は吐血が降りかかる前に、鷹城の目の前から消えていた。

いきなりクルマに撥《は》ねられたような衝撃が全身を貫いた。女子生徒の跳び蹴りを額に食らった、鷹城は後方に吹っ飛びながら、その事実を悟った。背中が鉄柱に叩きつけられた。廃車置き場の設備かもしれない。もはや全身の関節が反応しない。鷹城はずり落ち、またも水たまりに尻餅をついた。

ポケットにいれていたスマホが飛んだ。手の届かない距離に落ちた。仲間を呼ぶことができなくなった。

ふたたび真正面に女子生徒が立った。弾丸の速さで右手が飛んできて、鷹城の喉もとをつかんだ。女子生徒は首を絞めあげたりはしなかった。指先が喉仏《のどぼとけ》を左右から強く圧迫し、爪を食いこませてくる。そのまま喉仏が引きちぎられた。飛散する鮮血と自分の肉片を、鷹城はまのあたりにした。

叫びすら発せられない。空気の抜けるような情けない音が響くだけだ。とてつもない恐怖に全身の血管が凍りついた。耐えがたい痛み、吐き気、息苦しさが同時に襲う。地獄だった。ぼやけた視界に涙が溢《あふ》れる。もはや女子生徒は濃霧のなかにいるようにしか見えない。鷹城は両手を力なく振りかざした。女子生徒がすかさず鷹城の両手を掌握し、万力のように握り潰してきた。指の骨がすべて砕ける。絶叫の代わりに、気管から漏れる息が、笛に似た音を甲高く奏でた。

女子生徒が鷹城の胸ポケットをまさぐった。十八金製のジッポーライターが持ち去られる。そんな物はやるから見逃してくれ、そう懇願しようにも声がでない。女子生徒は垂直に跳びあがった。金属を殴る鈍い音が響いた。とたんに大量の液体が鷹城の頭上から降り注いだ。

豪雨とはちがう。揮発性のにおいが濃厚に漂う。ガソリンにちがいなかった。女子生徒は素手だ。なのに鉄製のタンクに突きを浴びせ、穴を開けたというのか。鷹城はガソリンまみれになりながらも、その場を離れられなかった。もう足腰が立たない。

稲光が女子生徒の身体を白く浮かびあがらせた。目もとは依然として見えない。息ひとつ乱れてはいなかった。女子生徒がライターを点火した。オイルライターだけに降雨のみでは、なかなか火が消えない。

制止を呼びかけようと鷹城は泣き叫んだ。いや正確には、その反応をしめそうと躍起になった。だが空気漏れの音しか響かない。激痛ばかりが覆う全身は、一ミリたりとも動かせない。息ができず苦しい。

死が迫れば意識が薄らぐなど、とんでもないデマだ。恐怖は耐えがたいほど増大し、脳の全域を支配していく。絶望からいっこうに逃れられない。最悪の苦悶《くもん》が果てしなくつづく。

着火状態のライターが鷹城に投げつけられた。鷹城の気管が甲高い音を鳴り響かせた。ヤカンが沸騰したときの音に似ている。それは鷹城の断末魔の絶叫だった。

視界を閃光《せんこう》が覆った。真っ赤な炎が一気に身体じゅうを覆い尽くす。燃えるというより、苛烈《かれつ》な熱が肌を蝕《むしば》んでくる。肉体の組織が溶け、焼けただれていく。さっきまでの激痛とはくらべものにならなかった。鷹城はひたすらのたうちまわった。

いまだ死に怯《おび》える。無情だ。なぜこんな目に遭う。素行のせいか。そんなに悪いことはしていない。だが許されないというのなら、謝るから助けてほしい。うったえたいのはそれだけだった。しかしもう言葉さえ思いだせない。叫べないがゆえなんの意味もない。

燃え盛る火炎の向こうに、女子生徒の姿が揺らいで見える。手を伸ばせそうにも届かない。そもそも身じろぎひとつできなかった。全身が炭化していく。もう救われない。永遠の地獄を味わいながら鷹城は息絶えていった。ゆっくり安らかにフェードアウトする生命など、ここにあるはずがない。何億回ぶんもの悪夢にいちどにうなされる。いかにもがき苦しもうとも、二度と目覚めない。それが鷹城にとっての人生の終焉《しゅうえん》だった。

11

一Aの井戸根は、笹舘を先頭とするグループに遅れをとらないよう、いちばん後ろを必死で駆けていった。ときおり水たまりに足を突っこむたび、水飛沫《みずしぶき》が上がる。ズボンが膝まで濡《ぬ》れたが、かまっている暇はなかった。

特に足が遅いわけではない。ただ二年を追い抜くわけにはいかない。とりわけ左右をブロック塀で固められた細道では、横に並ぶこともできない。縦に列が延びれば、必然的に一年は最後尾になる。

雨が弱まるのをまって出発した。そのため誰も傘をさしていない。先頭の笹舘が振りかえりもせずにいった。「周りに注意を向けろ。誰かいたら困るからな」

前を走る肥満体、二年の榎垣が視線を向けてきた。「おい。真後ろはどうだ」

「だいじょうぶです」井戸根は応じた。「ついてくる奴はいません」

たしかに人目があれば問題だ。鷹城先輩はもう女を裸にひん剝《む》いているかもしれない。まだ明るいうちから、おこぼれにあずかれるかどうかは別として、見物だけでも楽しみたい。邪魔が入ったら興ざめする。

「なあ」同じ一年の尾苗が鼻をひくつかせた。「なにかにおわねえか」

「ああ……」同感だった。井戸根はつぶやいた。「おぼえのあるにおいだ。逗子で嗅《か》いだのと同じ……」

ガソリンのにおい。そう気づいたとたん、思わずぞっとした。雨に体温を奪われる。真っ暗な山中に燃えあがるクルマ、押し寄せる熱風、有坂紗奈の悲鳴。あの壮絶な光景が脳裏をよぎった。

先輩らも歩を緩めた。三年の梶梅が笹舘にいった。「なんだかやべえぜ？　誰がどこでガソリンを燃やした？」

笹舘が路地の途中で立ちどまる。辺りを見まわし、笹舘は声を張った。「捜せ。そこいらの塀の切れ間を見ろ」

一同が散開した。二年の菅浦が指で環《わ》をつくり、口笛を奏でた。「鷹城！　どこだ」

井戸根は塀沿いをさまよった。においが徐々に強くなる気がする。塀の切れ間のひとつに達した。なかをのぞきこむ。

廃車置き場だった。誰もいないようだ。地面の水捌《みずは》けが悪く、かなりぬかるんでいる。吹きつける風とともに、悪臭が強烈に鼻をついた。

なにやら異様な雰囲気が漂う。井戸根は目を凝らした。敷地の奥、鉄製の櫓《やぐら》の上に、錆《さ》びついたタンクが設置してある。側面に穴が開いていた。ひょっとしてあそこからガソリンが漏れたのか。なぜ廃車置き場にガソリンが貯蔵してあるのだろう。

その真下に黒々とした物体が横たわる。炭化した材木に見えた。焚火《たきび》の跡か。それにしてはなにか……。

より注視するうち、人体らしき形状を見てとるに至った。井戸根は衝動的に声をあげた。「うわぁ！」

先輩らが振りかえった。いっせいに駆け寄ってくる。笹舘がじれったそうにきいた。

「どうかしたのか」

「あれを……」井戸根は指さした。

笹舘の顔いろが変わった。息を吞《の》んだのがわかる。舌打ちしながら笹舘が身を乗りだした。「どけ！」

井戸根はわきに追いやられた。先輩たちが続々と敷地内に足を踏みいれる。残った尾苗が目で譲ってきた。井戸根も遠慮したかったが、ためらったせいで遅れたとわかれば、先輩らからリンチされてしまう。あわてて塀の切れ間に突入した。

泥の上を駆けていく二年の背を、必死になって追いかける。一行はタンクの櫓の下に集まった。

三年も二年も、茫然《ぼうぜん》とした面持ちで地面を見下ろす。井戸根は至近距離でそれをまのあたりにした。

さっき遠方から眺めたとき、思わず慄然《りつぜん》としたのは、けっして気のせいではなかった。仰向《あおむ》けに横たわるのは、真っ黒に炭化した骸骨《がいこつ》だった。いま燃え尽きたばかりのように焦げくさい。わずかに傾いた頭部、もがいた形跡のある腕や脚。両手の指も筋力を失い、完全に開ききっていた。服と肉が丸焼けになり、骨だけと化せば、人は誰でもこうなる。そう納得せざるをえないありさまだった。

まだ頭骨には髪の毛が残存し、焦げた皮膚も部分的に貼りついている。皮膚からは体毛が生えているのがわかる。肋骨《ろっこつ》のなかには、やはり黒く染まった、半固形物らしき物が転がる。内臓にちがいなかった。

嘔吐感《おうと》が襲った。井戸根は背後を振りかえり、反射的に身をかがめた。いまにも吐きそうだ。

近くで尾苗が同じように前屈姿勢をとっている。尾苗はもう吐いていた。濁った胃の内容物が泥の上に撒《ま》き散らされる。

二年たちも怯えた顔で後ずさった。三年の笹舘と梶梅は、依然として強がる態度を維持し、その場に踏み留《とど》まっている。とはいえどちらも手で鼻を押さえていた。

梶梅が震える声でつぶやいた。「なんでこんな……」

笹舘は苛立《いらだ》ちをあらわにした。「女はどこだ。捜せ!」

だが今度は誰も動こうとしなかった。二年らも動揺をしめしながら、互いに身を寄せ合っている。菅浦が恐怖のいろとともにうったえた。「笹舘さん。こんなとこにいちゃやべえって」

鷹城と同学年のふたりは、いずれも友達の死を残念がってはいない。ただ腰が引けているだけだ。肥満体の榎垣も顔面蒼白《そうはく》になり、やたらおどおどしながら、辺りに怯えたまなざしを向ける。

落ち着かないのも当然だ。さっきの女子生徒が、ひとりでなにかをしたとは思えない。どこかにヤクザか、他校の不良の群れが潜んでいるかもしれない。

眉《まゆ》なしの尾苗の目に、うっすらと涙が浮かんでいた。「鶴見《つるみ》の奴らのしわざだ」

菅浦が呼応した。「そうだ！　鶴見の連中だ。前にふたり吊《つ》るしあげてやった仕返しだ」

川崎の不良は、横浜市鶴見区の似たようなグループと、長いこと対立関係にある。だがあいつらの暮らしぶりは、こちらより数段ましのはずだ。あまり無茶をしないのが特徴といえる。急にこんな暴挙にでるだろうか。

どうしても頭から離れない。豪雨のなか、裏門を立ち去った女子生徒の姿が、ぼんやりと想起される。長い黒髪に痩身《そうしん》。まるで幽霊だ。

榎垣がうわずった声を響かせた。「いったん退却しねえと。鶴見の奴らが、どれだけ大勢で攻めてきてるかわからねえ」

「そうだ」梶梅もひきつった顔でうなずいた。「鷹城をなぶり殺しにするぐらいだ、たぶん大勢で来てやがる。これじゃ太刀打ちできねえぜ」

言葉とは裏腹に、みな薄々気づいているはずだ。辺りには誰もいない。それでも浮き足立ったのでは、不良としてのメンツが丸潰《まるつぶ》れになる。撤退には正当性が必要になる。鶴見の連中が徒党を組んで、卑怯《ひきょう》にも不意打ちを食らわせてきたのなら、いったん引き下がるのもまちがいではない。

菅浦が近くの地面に身をかがめていた。「笹舘さん。これを見てくれ。鷹城のだ」

高く掲げた手に、焦げたジッポーライターが握られている。鷹城が愛用していた十八金製だった。笹舘が憤然と近づき、ライターをひったくると、遠くに投げ捨てた。

廃車の山に小さな金属音がこだまする。

「馬鹿野郎！」笹舘が一喝した。「こんなもん拾うな」

だが梶梅が憂いのいろを浮かべた。「笹舘。いまので指紋がついちまったんじゃねえのか」

笹舘が表情を硬くした。苦々しげに菅浦を見つめる。菅浦は申しわけなさそうに目を逸《そ》らした。

「撤収だ」笹舘が一同をうながした。「学校に戻る。急げ。辺りには注意しろ。誰がどこに潜んでるかわからねえ」

二年の菅浦と榎垣が、真っ先に路地へと駆け戻っていく。梶梅が去りぎわに振りかえった。「二年のおめえらはライターを探せ」

井戸根は尾苗とともに立ちすくんだ。三年と二年はたちまち遠ざかり、ブロック塀の向こうに消えていった。笹舘すら脇目も振らず、廃車置き場をあとにした。眉なしの尾苗であっても、困り果てた顔なのは一目瞭然《りょうぜん》だった。尾苗が震えながらささやいた。「ライターを探せだなんて……」

投げられたライターは、廃車の山のどこかに落ちた。探しまわったら、あちこちに指紋がべたべたと付いてしまうではないか。

遠くでサイレンが涌《わ》いている。尾苗の怯《おび》えきった顔が見つめてきた。「井戸根……」

井戸根はうなずいた。「俺たちも戻ろう。馬鹿正直に探してられっかよ」

ふたりは同時に駆けだした。全力疾走はしない。路地で先輩に見つかれば、引きかえせと命じられる。あるていどの時間差を置いて学校に帰るべきだ。

髪の長い瘦《や》せた女。鷹城先輩はガソリンで丸焼け。逗子と結びつけるなど臆病《おくびょう》にすぎる。腰抜けもいいところだ。だが目にしたすべては事実だった。深く考えたくない。できればすべてを忘れたい。においが身体に染みついちまう。いまこそ滝のような豪雨に打たれたい。

12

雨はやんだ。雲の切れ間からオレンジいろの陽光が降り注ぐ。さっきまでの夕立が嘘のように晴れ渡っていた。まだ日没まで間があった。藍《あい》いろがかった空の隅々までが、薄気味悪いほど穏やかに透き通っている。

四十一歳の須藤顕正《あきまさ》巡査部長は、懸野高校の裏手、廃車置き場にいた。辺りはやたら賑《にぎ》やかだ。ブロック塀の切れ間から敷地内へと、簀《す》の子が一列に並べられている。そこを通って出入りするのは、青いユニフォームの鑑識課員らだった。

スーツ姿の須藤は、出入口付近の簀の子の上に留まった。奥に進むためには、毛髪が落ちるのを防ぐため、使い捨てのビニール製キャップをかぶらねばならない。それが嫌で仕方がない。

青いユニフォームの群れが、タンクが据えられた櫓《やぐら》の下、火災の残骸《ざんがい》を調べつづける。ここからではそのようすが見通せない。一帯を水いろのビニールシートが覆っていた。

この施設の管理業者は、解体するクルマのガソリンタンクに残った燃料を抜きとり、一か所に貯めておいたらしい。それ自体が法に抵触する疑いがある。もっとも、そちらの捜査担当者は別になる。川崎署生活安全一課、捜査員の須藤は、あくまで殺人について調べねばならない。

もうひとりの私服が簀の子の上を歩いてきた。角刈りの頭をきちんとビニール製キャップで覆っている。スーツにもビニール製の服を重ね着していた。

須藤は声をかけた。「どうだった？」

三十代後半の津田良純《よしずみ》巡査が応じた。「ひどいもんですよ。逗子と同様、焼け焦げた骨しか残ってません」

「あの豪雨のなかでか」

「ガソリンは液体そのものが燃えるんじゃないので……」

「知ってるよ。揮発する気体に火がつく。油は水に浮くから、たとえずぶ濡《ぬ》れだろうが、火の勢いが衰えるもんじゃない」

ベテランの鑑識課員、五十代の阿武《あぶ》が近づいてくる。須藤は頭を下げた。「ご苦労様です」

阿武が立ちどまった。「ホトケの骨に妙なところがあるな。クルマに轢《ひ》かれたみたいに、あちこち骨折してる。たぶん内臓破裂も起こしてたと思う」

須藤は妙に思った。「焼かれる前にですか？　付近にタイヤ痕《こん》とか……」

「無理だね。あんなに激しい雨だったんだ。タイヤ痕も足跡もなし。毛髪やら血痕やら、遺留物はきれいに洗い流されちまってる」

「身元の特定はできそうですか」

「密閉状態での火災じゃなかったんでな。ガソリンによる炎上でも三百度ってとこだ。骨からDNA型の鑑定は可能だし、歯形もほぼそのまま残ってる。若かったのはひと目でわかる。高校生か？」

「ええ。通報がありましたから、目星はついてます」

求めているのは裏付けだけだ。しかし鷹城宙翔にちがいないだろう。現場のすぐ近くの地面に、あいつの眼鏡が落ちているのが発見された。

阿武に礼をいい、須藤は津田とともに、塀の切れ間から路地に戻った。細道にも大勢の制服警官が配置されている。津田がビニール製のキャップと服を取り払うのをまち、ふたりで学校のほうに歩きだした。

ヘリコプターの爆音が響く。須藤は頭上を仰いだ。報道のヘリが何機も旋回している。

忌々しい気分にとらわれる。須藤は怒りとともにいった。「やっぱりあの不良どもだ。悠長に事情聴取なんかしてる場合じゃなかった」

並んで歩く津田が同意をしめした。「有坂さん一家の死亡現場が運悪く、逗子署管内だったのがなんとも……。捜査本部もあっちだったし、心中の可能性もあるとか、県警がくだらないことを。外傷があるってのに」

「県警が首を突っこんでくるといつもそうなる。道府県警察で神奈川の評判が悪化した責任だけ、所轄に押しつけてくる。川崎署《うち》は格好の標的だ」

「治安がいいとはとてもいいきれませんからね」

街頭犯罪や風俗事犯、外国人犯罪や組織犯罪。県内指折りの犯罪多発地域になる。暴力団事務所もいくつかある。須藤は鼻を鳴らした。「だからこそうちの意見をきくべきだろう」

逗子署の防犯意識の低さも腹立たしかった。川崎署管内は街頭防犯カメラだらけだが、向こうは事情がちがう。現場の山中に出入りした車両について、録画映像ひとつ見つからない。Nシステムもあてにできない。ヤクザの息がかかった川崎の不良は、バイクのナンバープレートを曲げたり、テンプラで数字を変えたりしている。

懸野高校の裏門を入った。誰もいない校庭のそこかしこに水たまりが残る。報道陣を締めだしたのは正解だった。だがヘリは日没後まで飛び交うだろう。未成年の犯罪は厄介きわまりない。しっかり証拠固めをしておかないと、人権派団体に後押しされた弁護士が攻勢を強め、釈放するはめになる。

校舎の昇降口に足を踏みいれる。事前の連絡どおり、校長や教頭はそこでまっていた。担任教師らも何人か集まっている。さらに笹舘以下、不良グループの六人がいた。あいかわらずふてくされた顔でたたずむ。虚勢を張っているのが一見してわかる。怯えのいろものぞくが、むろん反省しているようすはない。

教師らが頭をさげてきた。校長が恐縮したようすで、ハンカチで額の汗を拭《ふ》きながらいった。「このたびはどうも、とんでもないことで……」

「いえ」須藤はきいた。「鷹城君の保護者は……？」

二Cの担任、年配の男性教師、及川《おいかわ》が告げてきた。「お母様が職員室におられます」

鷹城の両親は離婚している。保護者は母親ひとりだ。須藤は不良グループに向き直った。「おまえらの親も署に来てもらうからな」

笹舘が不満げな顔になった。「まてよ。なんで親を呼ぶ？」

「万引きでとっ捕まっただけでもそうなる。ましてきょうはそれどころじゃない。わかるな？」

「わからねえよ。俺たちが駆けつけたとき、鷹城はもう死んでたんだぜ？」

「アリバイの主張か？　高三の分際で立派なもんだ。ふつう友達が死んだら悲嘆に暮れるはずだろ。おまえらは眉も落とさず、わが身の心配ばかりか」

「知らねえもんは知らねえってんだよ」

「この高校の生徒が死ぬのはこれで二件目だ。有坂紗奈さんが両親と一緒にガソリンで焼かれた。きょうはおまえらの連れ、鷹城がガソリンで丸焦げになった。こりゃ有坂さんの件も、もういちどしっかりおまえらに問い質《ただ》さなきゃな」

「なんでそうなる？　どっちもガソリンってだけでよ」

津田刑事が声を荒らげた。「その共通項で充分だ。鷹城はなぜ豪雨のなか外にでていった？」

「さあな」

「女子生徒を襲おうと、跡を尾《つ》けていったんだろ？　その女子生徒は何年何組の誰だ？」

不良グループのナンバーツー、三年の梶梅が反発してきた。「どっからそんな話がでてきたんだよ」

一Dの中澤陽葵から教師を通じ、署に連絡があった。だがそのことを話せば、密告者として危険に晒《さら》されてしまう。須藤は間髪をいれずいった。「そこの裏門は校舎じゅうの窓から見える。外を眺めてたのがおまえらだけだと思うか」

梶梅が苦い顔で押し黙った。ほかの不良たちも同様だった。

須藤は校長にささやいた。「報道記者会見があるでしょうが、なにをきかれても、警察が捜査中なのでと答えてください。ほかの生徒たちへのケアはよろしく頼みます」

「ええ。そりゃもう……」

「ここにいる生徒たち六人は、重点的な捜査の対象となります。学校の休み時間にも、任意で事情をきくことがありますので、どうかご協力を」

笹舘が苛立《いらだ》たしげな声を響かせた。「おい刑事さん。任意の事情聴取なら、俺たちは拒否するぜ?」

須藤は醒《さ》めた気分で笹舘に向き直った。「高校生のふざけた冗談だと思って、いちどだけ聞き流してやる。おまえの親にも伝えとくが、夏休みに入ってからも、遠くには行かせせんからな。正直に喋《しゃべ》らないかぎり自由はないと思え」

「なにを喋れってんだよ!」

「ああ、せいぜいイキッてろ。いい子ならまっすぐ家に帰れ。また連絡する」

笹舘が須藤に詰め寄ろうとしたが、ほかの不良たちが押し留《とど》めた。教師らの反応よりはいくらか気が利く、須藤は皮肉にもそう思った。大人たちは校長以下、全員が地蔵のように固まっているからだ。

須藤は校舎の外にでた。津田もついてきた。辺りはほの暗くなり、暑さも和らぎつつある。黄昏《たそがれ》に至る寸前の空を、ふたり揃って見上げた。報道のヘリが航空灯を点《つ》けている。

津田が小声でいった。「須藤さん。鷹城が追いかけていった女子生徒ってのは……?」

「わからん」須藤はため息まじりにつぶやいた。「教師にきいても心あたりなし。どこに消えたかも不明だ。こりゃ当分寝られない日がつづきそうだな」

13

笹舘麹は中二のころ、気に食わない態度をとった同級生を、金属バットで殴った。少年鑑別所送りとなったせいで、更生どころか、逆にワルの知り合いが増えた。川崎区南町界隈《かいわい》のヤクザを頼るようになり、ゲンの世話にもなった。高校に入ってからは暴走族に加わり、三年生にあがった現在、不良グループを仕切っている。

大人のヤクザと距離の近い土壌、実際に親がヤクザという十代も多くいる。そんな地域ならではの利点もある。カツアゲや強盗で集めた金を上納する代わりに、暴力団の経営するクラブが好きに利用できる。ホステスが接客する、未成年が入店できない高級酒場だが、笹舘たちはフリーパスだった。仲間内では〝部活動〟と呼んでいた。

ラ・チッタデッラ裏、ソープランド街のなかにあるクラブ〈ジョルジャ〉で、笹舘は仲間たちとボックス席にいた。店内はかなり暗く、ブラックライトが青白く照らすのみのため、未成年であってもさほど人目を引かない。とはいえさすがに制服姿ではなかった。ここに来るときには、全員がストリート系ファッションに着替えている。みな飲酒の手が進まない。賑《にぎ》やかな音楽とは対照的に、笹舘らの席だけ、まるで通夜の様相を呈する。

通夜といえば、鷹城の葬式への参列を拒まれた。あそこの母親は水商売出身で、暴力団員の夫と別れたのちは、カタギを気どりだした。息子の死も笹舘のせいだとわめいているらしい。だがいまになって母親面しようと、これまで息子の素行に無関心だった事実は消えない。でなければ有坂紗奈の一家を殺した日、息子が外出していたかどうか、証言が曖昧《あいまい》になりはしない。アル中の供述は信憑性《しんぴょうせい》に欠ける、そう警察もぼやいているだろう。

褐色のぼさぼさ頭に馬面、二年の菅浦がずっと項垂《うなだ》れている。笹舘は声をかけた。

「菅浦。きょうは飲まねえのか」

「あ、いえ」菅浦はビールをグラスに注いだ。「スマホのカメラで撮っときゃよかったですね、あの妙な女」

「いまさらいい。いちおう手は打ってあるからな。そのうちここに真登香《まどか》たちが……」

若い女の声が呼びかけた。「麹」

笹舘は振りかえった。金髪に派手なメイクの真登香が背後に立っている。去年までは笹舘の同級生だったが、退学後はぶらぶらしている女だ。いちおう笹舘がつきあっている何人かのうちのひとりにあたる。真登香の連れは、三Cの朱美《あけみ》と二Bの清美《きよみ》。ふたりはまだ在学中だが、放課後は典型的なヤンキーファッションに衣替えしていた。巻き髪に光り物のアクセサリー、やたら露出が多い。朱美は梶梅の女で、清美は菅浦と交際中だった。

三人はもうひとり、不安げな女を連れてきていた。懸野高校の制服で、長い黒髪に痩《や》せた身体つき。カバンを胸の前で抱き締め、怯《おび》えるように身を小さくしている。

真登香がいった。「二Aの間島亮子《まじまりょうこ》。髪の長さと痩せぐあいと背丈、当てはまるのはこいつぐれえだよ。無理やり引っぱってきた」

ソファにおさまった梶梅が、女子生徒の顔を見るなり苦言を呈した。「全然ちげえよ。外に叩《たた》きだせ」

「まて」笹舘は亮子をじっと見つめた。「座れよ」

たしかに捜している女とはまるで異なる。けれども亮子はそれなりに美人だった。目もとがやさしく、唇が丸みを帯びていて、無垢《むく》なあどけなさに満ちている。押しの強いヤンキー女には飽きてきた。たまには従順な猫を飼うのもいい。

菅浦が隣の席を空けた。梶梅や榎垣、井戸根、尾苗もずれて座る。朱美が梶梅に寄り添った。菅浦も清美の肩に手をまわす。真登香は不満げな顔で、亮子とともに笹舘を挟んで座った。

笹舘は亮子にきいた。「こんなとこに来たことはねえだろ？」

亮子がうつむきながら小声で応じた。「はい……」

「そう怖がるな。真登香が無茶をして悪かった。ちょっと人を捜してたんでな。おまえ、校内に自分と似たような髪型の女、見たことないか。黒のストレートロング。長さはおまえと同じぐらい」

顔をあげないまま、亮子がただ首を横に振った。

真登香が声を荒らげた。「はいかいいえか、はっきり喋れよ」

「うるせえ！」笹舘は真登香に怒鳴った。目は亮子から逸《そ》らさなかった。亮子の震える手をとり、笹舘は強く握った。「亮子と呼んでいいな？　これを機に俺とつきあえよ」

亮子は心細そうに目を泳がせた。「困ります」

笹舘は片手で亮子のうなじをつかみ、力ずくで身体を起こさせた。亮子がびくっとしてのけぞった。

「きけよ」笹舘は低くいった。「俺は欲しい物はなんでも手にいれる男でよ」

いきなり亮子の唇を奪う。梶梅だけがいつものように笑い声を響かせた。ほかはあいかわらず沈黙している。真登香の舌打ちがきこえた。

顔を離すと、亮子が涙ぐんでいた。笹舘は思わず口もとを歪《ゆが》めた。経験がないらしい。新鮮なうちにどこかに連れこむか。

そのとき怒号がきこえた。「おい！　勝手に入るんじゃねえよ！」

笹舘ははっとして視線をあげた。仲間たちもいっせいに振りかえった。全員が愕然《がくぜん》とする反応をしめす。

複数のボックス席の谷間で、ブラックライトを浴びながら立つ、ひとりの女がいた。

懸野高校の制服だった。薄暗いうえ光源を背にしている。顔が真っ黒で視認できない。それでも体形から一見してわかった。豪雨のなか裏門をでていった、あの女だ。

黒服が目を怒らせ、女子生徒の背後につかつかと歩み寄った。「でろ！　未成年のガキが紹介もなしに入れるとこじゃ……」

ところが女子生徒は笹舘のほうを向いたまま、瞬時に真後ろへ、異常に高い蹴《け》りを繰りだした。スカートの裾《すそ》が舞うや、稲妻のようなバックキックが、黒服の顔面に命中した。材木を折ったような音が響き渡った。顔の骨が折れたのかもしれない。黒服が後方に飛び、客のテーブルにぶつかったときには、女子生徒は元の直立姿勢に戻っていた。両脚がしっかり床についている。

テーブルごと黒服が転倒する。ボトルやグラスが落下し砕け散った。ホステスらが悲鳴をあげる。黒服ら三人が血相を変え、女子生徒に駆け寄った。暴力団経営のクラブではあるが、従業員はかならずしもチンピラではない。それでもガラの悪い客に対処するため、相応に腕っぷしの強い男たちが選ばれている。スキンヘッドの猪首《いくび》が正面から、ほかのふたりが左右からつかみかかった。

だが女子生徒の片脚は、射出される砲弾も同然に、接近する端から男たちを蹴り飛ばした。それも鞭《むち》のごとく唸《うな》りながら繰りだされる。命中のたびに硬い物を砕くような音が響き渡る。黒服たちは鼻血を噴きあげ、全員が宙に舞った。店内の調度品やテーブルに衝突し、またも騒々しく破壊がひろがる。

店内はパニックになった。ホステスらは悲鳴を発しつつ、いっせいに避難を始めた。ほかのボックス席の客たちも逃げ惑う。まさに阿鼻叫喚《あびきようかん》のありさまだった。笹舘のグループを除き、誰もが出入口に殺到していく。

女子生徒がまっすぐこちらに歩いてくる。梶梅がビール瓶を握り、真っ先に飛びだしていった。「このクソアマ!」

しかし女子生徒は片脚を前方に跳ねあげた。ビール瓶を握る梶梅の腕をしたたかに蹴る。狙いは恐ろしく正確かつ、動作も迅速だった。瓶は梶梅の額にぶつかり、破裂も同然に粉砕された。梶梅は叫び声を発し、両手で顔を押さえながらひざまずいた。

ボックス席にいる笹舘の仲間は、みな立ちあがっていた。真登香や井戸根がスマホをいじり、レンズを女子生徒に向けようとする。手が震えるせいで、まともに操作できないようだ。まごついているうちに、女子生徒が猛然と回し蹴りを放った。離れて立つ笹舘にまで、風圧が届くほどの勢いだった。顎《あご》を蹴られた真登香と井戸根が、漫画のように宙を飛び、床に叩きつけられた。

怯えた顔で棒立ちになっていた菅浦も、鼻っ柱を強烈に蹴られ、もんどりうってテーブルに全身を打ちつけた。巨漢の榎垣すら、顎を蹴り上げられるや垂直に飛び、頭頂部で照明を割った。落下した直後、だらしなくソファの上にのびた。

被害に遭わなかったのは、いち早く逃げだした朱美と清美、それにソファですくみあがる間島亮子だけだ。女子生徒は亮子の腕をつかみ、力ずくで引き立てた。恐るべき腕力だった。驚く亮子を、女子生徒が背後に遠ざける。亮子はうろたえながらも、出入口へと逃走していった。

女子生徒は笹舘に向き直った。笹舘もさすがに強がってばかりはいられなかった。鳥肌が立つ思いとともに後ずさるしかない。だが詰め寄ってくる女子生徒も、背後は隙だらけだった。井戸根が裁ちばさみを握りしめ、後方から駆け寄った。

背に突き刺せ。笹舘はそう念じた。ところが井戸根は女子生徒に追いつくと、長い後ろ髪をつかみ、はさみで切断にかかった。

なにをやっている。苛立《いらだ》ちが笹舘のなかにこみあげた。女子生徒が井戸根を振りかえった。井戸根は表情をこわばらせた。

笹舘からは逆光だが、井戸根の目には、ブラックライトを浴びる女子生徒の顔が正視できたらしい。

ぎょっとした井戸根が固まっている。女子生徒のひと蹴りで、はさみが井戸根の手から飛んだ。二発目の横蹴りが井戸根の腹にめりこむ。井戸根はガラス製のワインセラーに衝突し、無数の破片を浴びながら床に沈んだ。

またも女子生徒が笹舘に近づいてくる。笹舘は腰のポケットからふたつ折りのナイフを抜いた。井戸根の飛び道具は裁ちばさみだったが、笹舘はもっと実用的な武器を携帯していた。

女子生徒はひるむようすも見せず、なおも距離を詰めてくる。刃《やいば》を向け威嚇しても、なんら怖《お》じ気づいたりしない。笹舘は焦燥に駆られた。リーチの長い蹴りに先攻されるわけにはいかない。笹舘は踏みこむや、ナイフで突きを放った。

ほぼ同時に女子生徒の片脚が、体操選手のように高々と上がった。笹舘の肩に踵《かかと》落としが見舞われた。とてつもなくすばやく重い。鉄骨を打ち下ろされたかのようである。笹舘の顔面は硬い床に衝突した。

痛みと痺《しび》れが遅れぎみに到達する。とりわけ肩の激痛がひどかった。笹舘は俯《うつぶ》せの状態のまま、どうにもならず両腕両脚を痙攣《けいれん》させていた。身体の自由が利かなくなる、そんな事態を体感するのは初めてだった。

必死に首の筋力を回復しようと歯を食いしばる。ようやく頭を持ちあげ、床から顔を浮かせられた。店内のようすが目に入った。惨憺《さんたん》たる眺めだった。地震か嵐の直後のごとく、あらゆる備品が破壊されまくっていた。床を無数のガラス片が埋め尽くす。フロアは閑散としている。周りに笹舘の仲間が横たわるだけだ。

いや、ほかにも人影がある。女子生徒の後ろ姿が、厨房《ちゅうぼう》へのスイングドアに駆けこんでいった。なかから白い調理服の男たちがふたり、泡を食ったようすで飛びだしてきた。やはり出入口へと逃走していく。女子生徒は依然として厨房のなかだ。

いったいなにをやってやがる。笹舘が訝《いぶか》しく思ったとき、妙なにおいが鼻をついた。タマネギや卵が腐ったような悪臭。

顔じゅう血だらけの梶梅が、四つん這《ば》いで笹舘に近づいてきた。「やべえぞ。こいつはガスのにおいだ!」

スイングドアがきしむ音がした。笹舘が視線を戻すと、女子生徒は店内に戻ってきていた。右手を前方に突きだす。指先につまんでいるのは、焦げ痕《あと》のある十八金製ジッポーライターだった。

「やー」梶梅が跳ね起きた。「やべえ!」

笹舘も梶梅の手を借りつつ、なんとか立ちあがった。仲間たちがよろよろと身体を起こす。真登香は悲鳴をあげ、先に駆けだしていった。尾苗も追いかけるように逃走する。菅浦と榎垣、井戸根が助けあいながら直立を維持する。みな片脚をひきずり、必死に出口をめざした。ガラス片に足を滑らせるたび転倒しかける。笹舘の肩にまたも激痛が走った。脱臼《だっきゅう》したかもしれない。いつまでも腕の感覚が戻らない。

ようやく店外に転がりでた。日没後で暗かったが、ソープ街の路地はやけに賑《にぎ》やかだった。大勢の人だかりがある。逃げた客やホステス、従業員も多かったが、それ以上に野次馬が集まっていた。どいつもこいつもスマホカメラを向けてくる。

見世物あつかいか。笹舘は憤慨したものの、間近にいる野次馬に食ってかかろうにも、右腕が力なく垂れ下がったままだ。いまだに麻痺《まひ》がおさまらない。肩の痛みに耐えかね、笹舘はうずくまった。

梶梅が声をかけてきた。「笹舘……」

その瞬間、稲妻に似た閃光《せんこう》が辺りを照らした。だが数秒遅れの雷鳴はなかった。ただちに轟音《ごうおん》が耳をつんざき、ソープ街全体を揺るがした。店の出入口から炎と黒煙が勢いよく噴出してくる。ビルの一階部分、窓という窓が粉砕され、水平方向に火柱を延ばす。地面が突き上げられるも同然に震動した。悲鳴やどよめきが響く。砂埃《すなぼこり》が津波のように押し寄せ、頭上からぶちまけられた。

しばらくはなにも見えなかった。ソープランドの看板の光がおぼろに浮かぶだけだ。路地を覆う煙が徐々に晴れてきた。路地にいるほぼ全員がへたりこんでいた。みな砂や灰を浴び、全身が真っ白に染まっている。咳《せき》があちこちでこだました。

笹舘はなおも立ちあがれずにいた。近くの駐車車両に背をもたせかける。梶梅らが這って近づいてくる。敗残兵のような一同の、憔悴《しょうすい》しきったツラばかりがあった。

実際のところ辺りは戦場も同然のありさまだった。パトカーや消防車はまだか。笹舘は苛立ちを禁じえなかった。肝心なときには現れる兆候すらみせない。

梶梅が店舗の残骸《ざんがい》を眺めながらいった。「あの女、自分から吹っ飛んだのか」

自爆した。そう信じたい。しかしなぜ鷹城のライターを持っていたのか。笹舘は一年のふたりにきいた。「おめえら廃車置き場でライター拾わなかったのか」

ふたりがうろたえた顔を見合わせる。井戸根は情けない声で笹舘に告げてきた。

「探したけど見つからなくて」

「ほんとかよ」

「でもきょう貴重な物を手にいれました。これです」井戸根が手を開いた。十数本の髪の毛の束があった。

警察に渡せば素性があきらかになるかもしれない。店ごと粉々に吹き飛んでしまったのなら、この髪の毛は犯人につながる唯一の物証になる。

もうひとつききたいことがあった。笹舘は井戸根を睨《にら》みつけた。「おめえ、あの女のツラを間近で見たよな」

「……はい」井戸根がためらいがちに口をきいた。「たしかに見たような気がします」

梶梅が顔をしかめた。「なんだよそりゃ。見たのか見てねえのか」

「見ました。でも」井戸根は切実にいった。「あれは……。有坂紗奈の目っすよ。前髪に隠れてたけど、うっすらと浮かびあがってて……」

怒りが衝動的にこみあげる。井戸根の胸倉をつかんでやりたかった。だが右腕が自由にならない。痛みを堪《こら》えながら笹舘は吐き捨てた。「馬鹿いえ！」

路地にサイレンが鳴り響いた。野次馬たちがふた手に分かれる。路上をヘッドライトと赤いパトランプが徐行してきた。

笹舘は苦々しい気分とともに、制服警官らの降車を眺めた。こんなふざけた状況があるか。どうせ女はもうガス爆発で死んだ。いまは瓦礫《がれき》のなかに横たわっているだろう。いずれ死体から化けの皮を剝《は》いでやる。警察の捜査が進まなくても、自分の手で突きとめてやる。

14

川崎区日進町《にっしんちょう》二十五の一、川崎警察署の世話になるのは、笹舘にとってむろん初めてではない。ただしこんなに慌ただしい夜間の署内は、いままで訪ねたことがなかった。馴染《なじ》みの会議室内に閉じこもっていても、壁越しに靴音が耳に届く。集団がひっきりなしに階段を上り下りしていた。窓の外には絶えずパトカーのサイレンが鳴り響く。

まだ砂埃がうっすら残るいでたちで、笹舘の仲間たちが横一列に、パイプ椅子に並んで座る。梶梅に菅浦、榎垣、井戸根と尾苗。いつも思うことだが、この殺風景な部屋では、ストリート系ファッションがしょぼくれて見える。手錠を嵌《は》められていないのは幸いだが、一秒でも早く立ち去りたい。

だがきょうは長引きそうだった。室内には制服警官が四名、部屋の四隅に立っている。ほかに私服がふたり。生活安全二課の須藤と津田がいた。

須藤は笹舘らの前を行ったり来たりした。ため息まじりに須藤がつぶやいた。「やってくれたたな。仲間が死んだばかりだってのに、未成年の分際でクラブにいり浸り、飲酒に喫煙三昧《ざんまい》か」

菅浦が斜《はす》にかまえていった。「追悼してたんだよ」

津田刑事がつかつかと菅浦に歩み寄り、パイプ椅子の脚を蹴《け》った。

座面から尻《しり》がずり落ちそうになった菅浦が、憤然と立ちあがった。「なにしやがんだ！」

だが津田は菅浦を突き飛ばし、また椅子に座らせた。「でかい口叩《たた》くな」

笹舘は腕組みをした。「おい。弁護士呼んでくれよ」

須藤刑事が顔いろを変えず応じた。「弁護士先生はおまえらの保護者と話してる。呼びだした大人たちは別室に集まってるんでな。おまえらに同情しないこともない。頭を金髪の五分刈りにした母親だの、彫り物が首からのぞく父親だの、みんなおまえらが生まれる前から署の常連組だ」

井戸根が卑屈そうにこぼした。「本気で同情してるんなら、ほかに親代わりの大人を紹介してくれよ」

梶梅がうなずいた。「ああ。金持ち限定でな」

「甘ったれんな」須藤刑事は無表情のままだった。「とっくに物心ついてんだから、自分ひとりでも襟を正し、まともに生きろ。人殺しを親のせいにすんな」

笹舘は黙っていられなくなった。「誰も殺しちゃいねえ。髪の長い女がやったことだ。客もホステスも目撃してる」

「クラブが吹っ飛んだ。この界隈《かいわい》のヤクザは未成年の不良を囲いたがる。上納金をせしめるためだ。おまえらを出入りさせてたのもその一環さ。だがあれだけの損害、多少の上納金じゃ補いきれねえ。おまえら暴力団に一生たかられるぞ」

一年の井戸根と尾苗がすくみあがった。だが笹舘は悠然とした態度をとってみせた。脅しには乗らない。どうせ店は保険に入っている。厨房《ちゅうぼう》にいた調理師らは、ガス爆発を引き起こしたのが笹舘たちでないと、しっかり理解しているはずだ。

笹舘は須藤刑事を見つめた。「俺たちを引っぱったのは、飲酒と喫煙だけだよな。あとは任意の事情聴取だろ？　質問にはとっくに答えてる。さっさと髪の長い女を捜せよ」

女の死体が発見されなかったことは、すでに伝えきいていた。骨一本残さず砕け散ったとか、燃え尽きたとは考えにくい。ただ行方をくらましただけにちがいない。

須藤が見かえした。「どう捜す？」

「そんなもん警察の仕事だろが。指紋やら汗やら……」

「あいにくガス爆発でなにもかも吹っ飛んだ」

「店の前に街頭防犯カメラはねえのかよ」

「いつも黒服たちの投石で壊されては修理しての連続でな。きょうは壊れてた。出入りする人間は映ってない」

「それであきらめるつもりかよ」

津田刑事が冷やかなまなざしを向けてきた。「街頭防犯カメラが生きてたら、おまえらが入店しようとした時点で、俺たちがパクりに行ってた」

「わからねえ奴らだな」笹舘は声を荒らげた。「店のほうにも防犯カメラはあったろうが」

須藤刑事が鼻を鳴らした。「HDDは店内レジの下。それもガス爆発でぶっ壊れちまって再生できず」

笹舘はなおも嚙《か》みついた。「髪の長い女は、鷹城が死んだ日にもいたんだぜ?」

「おまえらの仲間か」

「ちげえよ」

「沼田《ぬまた》真登香ら不良少女三人を、別室で取り調べ中だ。おめえの彼女だよな?」

「さあな」笹舘はとぼけた。

「あいつらは無関係の女子生徒を攫《さら》って、クラブに連れてきた。間島亮子って子をな。

おめえの指示だといってる」

「なんのことかわからねえ」

「彼女がきいたらさぞ感激するだろうな」

「だから彼女じゃねえってんだよ」

「鷹城のときは豪雨、今度はガス爆発。いつも遺留品が残らず、被疑者の特定不可。なんでこんなことになってる」

「俺が知るかよ」

「因果応報だな。おめえらみたいなゴミが死んだと報道されて、ネット上にどんな意見が溢《あふ》れてるか知りたいか？」

おおよそ見当はつく。笹舘は吐き捨てた。「興味ねえよ」

「ゴミが処分されるのを世間は歓迎してる。俺もだ。ただ警察は法の番人でもある。事件が起きりゃ解決しなきゃならねえ」

「だから！　髪の長い女を捜せってんだよ」

「そうしてほしいなら手がかりをくれ」

「知らねえっていってるだろ」

井戸根が腰を浮かせた。折りたたんだ紙をとりだし、そっと開いた。「あのう、刑事さん。これ……」

須藤刑事が井戸根に歩み寄った。「なんだ?」

「髪の毛。女から切りとった」

「どうやって切った?」

「裁ちばさみで……」

「ああ。押収品のなかにあったな。刃渡り八センチを超えてる。銃刀法違反だ」

笹舘は憤りをおぼえた。「おい! 責める相手がちがうだろが。さっさと髪の毛を鑑識にまわして、女の身元を特定しろよ!」

沈黙が生じた。須藤刑事は紙を折り畳み、部屋の隅に向かうと、ゴミ箱に投げこんだ。

井戸根が目を剝《む》いた。「なにしやがんだ!」

須藤刑事の額に青筋が浮きあがった。「おめえらみたいな低学歴の単細胞は、夕方に再放送してる刑事ドラマの一場面を観たぐれえで、世間を知った気になりやがる。切った毛髪からはDNAを抽出できねえんだよ」

「な……」井戸根が絶句した。「マジで?」

津田刑事が淡々といった。「毛根がなきゃ無理だ。自然に抜け落ちた髪も毛根が死んで駄目でな。抜かねえといけねえんだよ」

尾苗がおろおろとしだした。「でも逗子のときは、現場に髪の毛が落ちてる可能性もあるって……。あれはハッタリかよ。汚ねえ！」

「おまえ尾苗周市だな？ じいさんはうちの署でも有名人だ。何度逮捕してもイタズラ電話をやめようとしねえ。いまだに昭和《しょうわ》のテレビで得た知識のまま、電話の逆探知には三分かかると信じきってる。孫のおまえから教えてやれ。いまはどこからかけたか一秒でわかるってな」

尾苗の顔がたじたじになった。まずいと笹舘は思った。弱腰になった尾苗が、刑事どもの突破口にされかねない。

笹舘は須藤刑事にうったえた。「手がかりが皆無だってんなら、江崎瑛里華って女を調べろよ」

「江崎？」須藤が不審そうにきいた。「誰だ？」

「知らねえ。髪が長くて痩《や》せてるのは共通してる。芳西高校の制服を着てたが、あの学校にそんな名前の生徒はいないらしい。最近俺たちの行く先々でちらつきやがってよ」

「おまえらのいう〝髪の長い女〟と人相が似てるのか？」

ああ。笹舘はそういってうなずいた。梶梅と榎垣も同意の声を発した。ところがほぼ同時に、菅浦が首をひねった。一年の井戸根と尾苗も、揃って腑《ふ》に落ちない顔をしている。

津田刑事が醒《さ》めた態度をしめした。「意見が割れてるな」

煮えきらない三人に腹が立ったものの、実のところ笹舘にも確証はなかった。おおまかな特徴が似通っているというだけで、まるで別人かもしれない。同一人物だとすれば、いちいち制服を着替えるとは、たしかに奇妙な所業にちがいない。

笹舘はスマホを取りだし、静止画を表示した。「こいつだ」

須藤刑事が一瞥《いちべつ》した。「絵じゃねえか」

「ああ。一年の植村ってやつが描いた。だが特徴はちゃんととらえてる」

「なら大事にしまっとけ。おまえらが忘れねえようにな」

警察として受け取りを拒否する、そんな意思表示だった。笹舘は不快に思いながらスマホをひっこめた。

取り調べに進展が望めないと悟ったからか、須藤刑事が定番の演説を始めた。「いいか。マスコミがおまえらの学校や家の周りをうろつかないのは、警察や弁護士、教師、おまえらの親たちの努力あってこそだ。だがいつまでも歯止めはきかん。早めに喋《しゃべ》れることは喋っちまえ。それが立ち直るための第一歩になる」

説教で不良が更生するなら警察は不要だろう。笹舘の仲間たちは黙秘を貫いた。逗子でのできごとについて口をつぐむのは当然だが、それ以外のことは喋ろうにも、事実なにも知らなかった。警察は職務怠慢だ。笹舘は内心毒づいた。〝髪の長い女〟こそ最優先で捜索すべきだ。

未成年者飲酒禁止法は当事者への罰則がない。飲酒と喫煙に関し、これまでどおり厳重注意を受けるに留《とど》まった。ただし大人が未成年者に酒を提供したことは、処罰の対象になる。クラブの経営者を取り調べている最中だ、須藤がそういった。

笹舘は悶々《もんもん》とした。余計なことを。ただでさえクラブの経営者側は、ガス爆発による損害を被っている。このうえさらに疫病神とみなされたらどうする。

真夜中までに笹舘らは帰宅を許された。ただし保護者同伴で帰るよう指示を受けた。片親の多い不良たちは、それぞれ一、二名ずつの大人とともに帰路につく。たいてい親子ともども、むっつり黙りこくっている。なかには殴り合いの喧嘩《けんか》を始め、署内に連れ戻されるケースもある。きょうはみなおとなしかった。

親がクルマで来ているのは笹舘だけだった。笹舘の両親はカタギで、父が会社員、母は専業主婦だ。ただし笹舘の幼少期から、過干渉の毒親でありつづけた。自分たちの生きる狭い世界で、将来的に息子を自慢したいという、つまらない欲求に駆られていた。私立中学受験の強要もそれが動機だった。笹舘は反抗を始めた。しだいに言葉だけでなく暴力で、親を打ち負かすようになった。小言を口にされようものなら、逆に父母を脅した。いまでは両親ふたりとも、息子を恐れるばかりになった。

ガキを生んだ責任があるのだから、親は死ぬまで子に尽くす義務がある。それが笹舘の持論だった。今夜も笹舘はクルマの後部座席におさまり、ひとことも喋らなかった。前部座席に座る父母が、震える声で話しかけてこようとするたび、シートの背を蹴《け》って黙らせた。

笹舘は帰宅し、ベッドに入ったものの、ろくに眠れなかった。翌朝は寝不足のまま登校せねばならなかった。薄日が射すなか、笹舘はひとり家をでた。殺伐とした南町界隈《かいわい》を徒歩で学校に向かう。閉じたシャッター、道端にだしっぱなしの置き看板、路上に散らばるゴミ。いつもの光景だった。

路地の脇道から男の声が呼びとめた。「笹舘」

笹舘は立ちどまった。柄シャツにだぶついたズボンの高齢男性が、シャッターにもたれかかっている。サングラスをかけたゲンだった。

「どうも」笹舘は頭をさげながら歩み寄った。

ゲンは浮かない顔でいった。「ゆうべはやってくれたな。おかげで俺も組から大目玉だ」

「なんでゲンさんが……」

「おめえらの世話焼き係が俺だからだよ。店の賠償、どうしてくれるんだって話になってな」

「そんなのは保険が下りるでしょう」

「保険だ？　ガキはめでてえな。いまどき保険会社は反社を相手にしねえんだよ。クラブ〈ジョルジャ〉は無保険だった」

「……マジっすか」

「マジだ。おめえ、どう落とし前つけるつもりだ？」

「どうって……」笹舘は困惑し口ごもった。「ゲンさんのほうでなんとかならないんすか。今度も佐和橋のじいさんに頼んで、助っ人《すけと》をお願いするとか」

「佐和橋のじいさんだ？　あの人は組の者でもねえ。いちおうヤクザだが、いろんなとこで死体の処分を請け負うだけの自由業だ」

「じゃ専門はそれだけなんスか」

「元はどっかのチンピラで、老けてからいまの仕事をしてる。あちこちの組事務所とつきあってるし、そんなに信用はおけねえ」

「よその組ともつきあいがあるなら、顔が広いんじゃねえんスか。なんとかしてくれそうな大人の紹介を頼めませんか」

サングラスをかけていても、ゲンの呆《あき》れた目が透けて見えてくる。「おめえ馬鹿か。組は俺が佐和橋のじいさんとつるんでるのも知らん。あくまで自己責任なんだよ、おめえらの世話をすんのはな」

その代わり上納金を吸いあげている。なのに肝心なときに助けてもくれないのか。笹舘は途方に暮れた。「どうすりゃいいんすか」

「自分で考えろよ。まとまった金が必要だ。連れもいるんだから、なにか手があるだろ」

強盗でもしろとほのめかしている。前にもあったことだ。結局ヤクザは多額の金をせびってくるにすぎない。とはいえゲンには刃向かえるわけがない。誰か上の人間の庇護《ひご》が必要だ。はぐれ暴走族では、たちまち抗争相手から袋叩《ふくろだた》きにされてしまう。

ゲンが指先でサングラスの眉間《みけん》を押した。「おめえの連れに死人がでちまった以上、俺も組の人間に相談はできねえ。自分で始末をつけるんだな。それまでは俺から声をかけることはねえ。金が入ったら連絡してこい。じゃあな」

それだけいうとゲンはぶらりと離れていった。行く手のゴミ袋に群がるカラスが飛び立つ。ゲンの丸めた背が薄汚い路地を遠ざかる。

笹館は歯ぎしりした。こうなったら〝髪の長い女〟を捕まえたうえで、親の預貯金を根こそぎ奪ってやる。女自身についても、裸にして動画や写真を撮ったうえで殺す。鷹城の復讐《ふくしゅう》のみにとどまらず、すべてを金に換えてやる。生き延びるにはそれしかない。

15

二Aの菅浦奏弥は、南町の外れにある団地の三階、梶梅先輩の部屋に来ていた。室内でも黒キャップを脱がないのは、黒プルパーカーとのコーデを崩したくないからだ。同じく二年の連れ、肥満体に坊主頭の榎垣も一緒だった。榎垣はカットソーにコーチジャケットを羽織るものの、和室であぐらをかき、背を丸めながら項垂《うなだ》れている。ずっと怯《おび》えた表情のまま黙りこくる。自分も同じ顔をしているのだろうと菅浦は思った。

赤いつなぎを着た梶梅先輩が部屋に入ってきた。近くに座りながら梶梅がいった。

「しけたツラはよせ。ったく雨降りぐれえでウチに転がりこみやがってよ」

放課後にバイクを走らせるうち、空模様が怪しくなり、土砂降りの豪雨になった。夕方というのに黄昏《たそがれ》どきのような暗さだった。鷹城が死んだ日を嫌でも想起せざるをえない。

梶梅先輩の家族は父親しかおらず、しかも夜まで働きにでている。団地のふた間に、梶梅ひとりでいることが多い。菅浦と榎垣はそんな梶梅を訪ねた。弱腰な台詞《せりふ》は口にしない。だが本音では、雨があがるまで外にでたくない。

玄関のチャイムが鳴った。菅浦は思わずびくっとした。榎垣も巨漢に似合わず、不安そうに目を泳がせる。

梶梅が顎《あご》をしゃくった。「でろ」

榎垣は躊躇《ちゅうちょ》をしめした。菅浦も腰を浮かせられなかった。

「ったく」梶梅がおっくうそうに立ちあがった。和室の隣は、板張りの狭い台所だった。そちらの部屋の隅に靴脱ぎ場があり、玄関を兼ねる。

菅浦は襖《ふすま》の隙間から台所を眺めた。梶梅がドアの鍵《かぎ》を開け、大きく開け放つ。雨の音が大きくなり、外気が吹きこんできた。

「ああ」梶梅が鼻で笑った。「おめえもか」

「失礼します」入ってきたのは一年の井戸根だった。やはりワルぶった服装が濡《ぬ》れねずみになり、ただ身を小さくしている。

梶梅が井戸根を和室にいざなった。井戸根は菅浦と榎垣に目をとめると、ばつが悪そうな顔で一礼した。居心地悪そうに座りこむ。

榎垣がぼそりと井戸根にきいた。「尾苗は?」

「家に帰るって……」

嘲笑《ちょうしょう》する気にはなれない。菅浦も安全が確実ならそうしたかった。だが菅浦の自宅は築四十年以上のあばら家だった。容易に押しいれるうえ、ガソリンを撒《ま》かれ火をつけられたら、一瞬で灰になってしまう。

梶梅が首すじを掻《か》きながらいった。「クラブに乗りこんできた馬鹿女、江崎瑛里華じゃねえのか。俺は奴にちげえねえと思うんだが」

井戸根がためらいがちにささやいた。「あのう……。笹舘さんがいたときにも話したんスけど、あいつの目は江崎瑛里華じゃなくて、有坂紗奈にそっくりで……」

菅浦の背を冷たいものが駆け抜けた。寒気がじんわりと全身を包みこみ、体温を奪っていく。

戯言《ざれごと》だと思った。だが菅浦も頭の片隅では、その可能性を常に考えつづけてきた。

あまりにも突拍子もない話だ。それゆえ意識すること自体を拒んできた。

だがもう無視できない。井戸根の主張を無視できなくなった。ありえなくてもこれは現実だ。あの女は有坂紗奈の生き還《かえ》り……。

梶梅が笑い声をあげた。「一年のクソガキは、こんなていどでびびっちまって、まるで使いもんにならねえな。なあ菅浦?」

「あ……」菅浦は言葉を濁した。「はい……」

気まずい沈黙のなか、梶梅がウィスキーの瓶を手にとった。「飲むか?」

「いえ。俺は……」

肥満体の榎垣がうなずいた。「いただきます」

湯呑《ゆの》みが榎垣に渡される。飲まないとやっていられない、榎垣の顔にはそう書いてあった。

そのときスマホが短く鳴った。菅浦のスマホだった。とりだして画面を確認した。心臓を握り潰《つぶ》されたような衝撃が走った。SMSで伝言が入っている。発信者名は鷹城宙翔だった。

「た」菅浦は震える自分の声をきいた。「鷹城からメッセージが……」

「なに?」梶梅が身を乗りだした。榎垣と井戸根もこわばった顔で画面をのぞきこむ。

〝廃工場にいる〟。メッセージはそれだけだった。本人のスマホから送らないかぎり、鷹城宙翔とは表示されない。

死人のスマホは身内でないと解約できない、そんな話を前にきいた。鷹城の飲んだくれの母親なら、手続きを怠っていてもふしぎではない。そういえば殺害現場となった廃車置き場で、鷹城のスマホが見つかったとの情報はなかった。あの女が持ち去ったのか。

梶梅が目を剝《む》いた。「あいつだ。女のほうから連絡してきやがった」

「でも」榎垣が狼狽《ろうばい》をあらわにした。「廃工場って？　俺たちの隠れ家のことなら、なんであの女が知ってるんスか」

井戸根が真顔でつぶやいた。「やっぱ有坂紗奈だから……？」

室内が静まりかえった。梶梅が憤慨し、湯呑みに入ったウィスキーを、井戸根の顔に浴びせた。

「いい加減にしろ！」梶梅が立ちあがった。「おい、行くぞ、てめえら。鷹城の仇《かたき》をとってやる」

三年の梶梅には逆らえない。あわてぎみに腰を浮かせる。菅浦は梶梅に進言した。

「笹舘さんに知らせたほうが……」

「んな暇あるかよ。俺たちで女の首をとる。女が有坂紗奈の幽霊かどうか、もういちどハメてみりゃわかるだろ」

井戸根がひきつったように笑った。梶梅が不満げに、菅浦と榎垣をかわるがわる睨《にら》みつけた。二年のふたりも笑わざるをえなくなった。菅浦は無理に口もとを歪《ゆが》めてみせた。

土砂降りのなかへと四人は繰りだした。階段を駆け下り、それぞれのバイクにまたがる。菅浦のバイクはヤマハXJ400だった。ヘルメットをかぶり、ただちにエンジン始動、スロットルを吹かす。半ばやけっぱちになってきた。なるようになれだ。

路地の角に黒いセダンが停車していた。覆面パトカーなのは一目瞭然《りょうぜん》だった。川崎署に連行されて以降、菅浦の家もマークされている。仲間の全員が監視対象になっていた。むろん梶梅も承知済みだろう。菅浦はひそかに心強さをおぼえた。警察がついてきてくれるのならひと安心だ。

四台のバイクが豪雨の路上を疾走する。ワルぶって生きる日々。ずっと絵空事のように感じてきた。大麻をやったせいもある。だがそれ以上に、世間から逸脱した生き方は、シラフでは耐えきれない。罪の重さに目を向けることなどありえなかった。利己的を極めてこそ刺激が得られる。刺激が現実を忘れさせてくれる。忘れている以上は現実を直視しない。いつも視野に霞《かすみ》がかかったような気がしている。

不良の自分に酔っていた。ところがいま我にかえろうとしている。してはいけないことをしてしまった。ゆえに報いを受けようとしている。もう取りかえしはつかないのか。

馬鹿馬鹿しい。菅浦は頭《かぶり》を振り、混乱した思いを遠ざけた。いかに現実感が失われようとも、幽霊を信じるほどお人好《よ》しではない。梶梅のいったとおり、ハメれば有坂紗奈かどうかわかる。それを報酬と考えれば、あの馬鹿一家を葬った廃工場に赴くのも、そう悪くないイベントだろう。

夕方の市電通りは混んでいた。ヘッドライトに雨足が浮かびあがる。四台のバイクはそれぞれに、渋滞する車列の隙間をすり抜けていった。

途中で脇道に入った。梶梅が速度を上げた。迷路のような路地をうねうねと走っていく。菅浦は当惑をおぼえた。バックミラーに覆面パトカーが映っていない。いつしか警察を撒いてしまった。これでは万が一のとき、救いの手は差し伸べてもらえない。

やがて縄張りにしている公園近くに着いた。トタン塀の一部がめくれあがっている。いつもバイクを出し入れする開口部だった。このように塞《ふさ》がず放置すると、笹舘の怒りを買うが、いまは開け放たれている。

路地で梶梅がカワサキ750RSを停車させた。手を水平に伸ばす。全員にエンジンを切るよう合図している。

ほどなく静かになった。にもかかわらず、なぜかバイクのエンジン音が継続している。廃工場の敷地内からきこえてくるようだ。

梶梅が手を振り、ふたたびスロットルを吹かした。バイクをトタン塀の開口部に向かわせる。敷地内に突入していった。菅浦たちも急ぎ梶梅につづいた。

思わず息を呑《の》む。とっさにブレーキレバーを握りこんだ。前輪が唐突にロックされ、危うく転倒するところだった。初心者のような失態にみずから舌打ちする。それぐらい泡を食っていた。

工場棟の外壁から突きだしたアーム、先端の滑車にかかったロープに、人体が吊《つ》り下げられている。いつもおこなうリンチと同様、胴体をくったうえ、への字に宙吊りになっていた。垂れ下がった両腕と両脚がよろよろと動きつづける。格好だけはストリート系ファッションできめている尾苗が、ただ情けない声を発した。「助けてくれ。ああ、梶梅さん。井戸根。助けて」

菅浦は愕然《がくぜん》とした。豪雨のなか、かなり高い位置に揺れる尾苗の顔が、かろうじて見てとれた。痣《あざ》だらけのうえ鼻血を滴らせている。殴る蹴《け》るの暴行を受けたのはあきらかだ。

しかも脅威はすぐ近くにいた。滑車からロープのもう一端が、斜め下方へと伸びている。懸野高校の夏の制服、髪の長い女がバイクにまたがっていた。スカートを太腿までたくしあげている。ヘルメットはかぶっていない。あいかわらずずぶ濡《ぬ》れで、前髪が目もとを覆っている。

女が乗るのは尾苗のバイク、スズキGS200Eだった。ロープはバイクの後輪の上、マフラーあたりに結びつけてある。いきなり女はバイクをターンさせ、滑車の下へと走りだした。張っていたロープが緩み、尾苗は急速に落下した。俯《うつぶ》せに地面に叩《たた》きつけられ、水飛沫《みずしぶき》があがる。尾苗が苦痛の叫びを響かせた。また女がバイクの進路を変え、滑車の下から遠ざかる。尾苗の身体が垂直に上《のぼ》っていった。

抵抗するすべを失った尾苗が、泣きじゃくりながらうったえた。「井戸根。みんな。助けてください。下ろしてくれ。もう嫌だ。痛いよ。苦しい」

だが女はまたもバイクをターンさせた。絶叫とともに尾苗がふたたび落下し、水たまりに衝突する。尾苗はぐったりとし、手足を投げだしたまま、泥のなかに突っ伏した。

井戸根が哀れな声を発した。「尾苗！」

「クソアマ！」梶梅がスロットルを全開にし、女のバイクに突進していった。

女のほうはあわてたようすもなく、悠然とバイクで逃走しだした。スピードが速い。尾苗がたちまち空中に吊り上げられていく。しかも今度は梶梅に追われているため、女のバイクがターンする兆候はない。

菅浦ら三台のバイクも梶梅につづいた。だが危険を察したからだろう、井戸根がブレーキをかけた。「梶梅さん！　やめてください」

井戸根は後方を振りかえった。菅浦と榎垣も停車し、同じく尾苗を見上げた。尾苗は脱力しきったまま、空の彼方《かなた》に小さくなっている。アームの最頂部まで引き上げられていた。女のバイクとのあいだでロープが張りきり、滑車が停止した。金属のきしむ音が響く。もう張力が限界に達している。

菅浦も声を張った。「やべえよ、梶梅さん！　尾苗が……」

弾《はじ》けるような音がした。女のバイクのマフラーから、ロープが外れた。

尾苗のわめき声が耳に届いた。だがそれは一瞬に過ぎなかった。水飛沫に赤いものが混ざり、辺り一帯に飛び散る。飛び降り自殺も同然の急速な落下だった。尾苗の身体は泥のなかに転がった。

井戸根が悲痛な呻《うめ》きを発しながら、バイクを尾苗のもとに向かわせる。菅浦と榎垣もつづいた。

それぞれバイクを徐行させる。ヘッドライトに照らしだされた前方に、悲惨な光景がまっていた。

泥と血にまみれた尾苗の死体が、仰向《あおむ》けに横たわっている。目を半開きにした状態で息絶えていた。虚《うつ》ろなまなざしが空を眺める。口のなかは血で満たされている。首があらぬ方向に曲がっていた。腕や脚も同様だった。

「尾苗」井戸根が嗚咽《おえつ》にまみれた声を絞りだした。

バイクの音が近づいてくる。梶梅が遅れて合流した。茫然《ぼうぜん》とした面持ちで仲間をひとりずつ眺め、最後に尾苗を見下ろす。頬筋《きょうきん》が痙攣《けいれん》を起こしていた。

梶梅が敷地の隅を振りかえった。菅浦も目で追った。女はバイクに乗ったまま、平然とこちらを眺めている。

「このクソ女が！」梶梅が憤怒《ふんぬ》とともにバイクを急発進させた。「てめえだけは生かしちゃおかねえ！」

井戸根も泣きながらスロットルを全開にし、梶梅を追っていく。榎垣があわてぎみにつづいた。菅浦もひとり留《とど》まるわけにいかない。全速力で仲間に追いついた。

女がバイクをこちらに向けた。たちまち速度を上げ、まっすぐ突進してくる。ヘッドライトの照射範囲内に、女の青白い顔が浮かびあがった。

菅浦はひるんだ。垂れた前髪の隙間、こちらを睨《にら》む目がのぞいた、そんな気がした。井戸根のいったとおりだ。あれは有坂紗奈の目だ。

井戸根も同じものを見てとったらしい。親友を失った怒りはどこへやら、バイクが及び腰に失速しだした。いまだ猛スピードで女に立ち向かっていくのは、梶梅と榎垣の二台だけだった。

ところが行く手で女は予想もしない行動にでた。バイクのアクセルをふいに戻し、沈んだフォークが戻る前に、またアクセルを全開にした。急激に前輪が跳ね上がった。ウィリー状態で女は後方に跳躍し、難なく両足で着地した。スロットル全開のまま放りだされた無人バイクが、暴れ馬のように突進してくる。バイクは宙に浮きながら横倒しになり、水平に回転しながら飛んできた。一瞬にして梶梅と榎垣を直撃する。目の前で発生した事故を、菅浦は避《よ》けきれなかった。井戸根も倒れたバイクに追突し、身体が空中に投げだされた。

衝突の瞬間、菅浦の尻《しり》はシートを離れた。グリップも手放した。人形のごとくもんどりうち、泥のなかに叩きつけられた。ヘルメットをかぶっていても、首の骨が折れそうなほどの衝撃が走る。痺《しび》れに耐えながら、なんとか上半身を起こす。

凄惨《せいさん》きわまる多重事故現場だった。複数のバイクが破損しながら絡みあい、半ば泥のなかに埋もれている。投げだされた仲間三人が、菅浦と同じく地面を這《は》っていた。みなヘルメットを脱いだものの、身体の自由がきかないらしい。誰ひとり立ちあがれずにいる。

菅浦は仰向けに寝たまま、恐怖に全身を凍りつかせた。激しく降りしきる雨のなか、髪の長い女が立っている。ごく近くでこちらを見下ろしていた。

梶梅が自分のバイクに這っていった。前輪のタイヤがパンクし、ホイールも歪《ゆが》み、もはや使い物にはならない。だが梶梅の目的はほかにあったようだ。バイク側面に棒状の物体がキャリングコードで結わえつけてある。日本刀を取り外した。ドスのように鍔《つば》がない。ふらつきながら立ちあがり、鞘《さや》から刀を抜いた。

菅浦は以前、梶梅の部屋でこの日本刀を目にした。父親がヤクザだったころ、常に忍ばせていた飛び道具だという。刀がある家はこの界隈《かいわい》にめずらしくない。梶梅はかまえ方も心得ているようだ。しっかり背筋を伸ばし、両手で柄《つか》を握る。刀の先端を女に向け、油断なく接近していく。

女のほうはまったく無反応だった。緊張の素振りも見せず、ただぼんやりとたたずんでいる。梶梅は刀を振りかぶり、瞬時に斬り下ろしにかかった。

　だが刃《やいば》が接近するや、女は磁石の反発のごとく、すばやく横に移動し難を逃れた。梶梅はぎょっとし、ただちに刀を水平に振った。女は最小限に身を退かせ、刃がかすめるぎりぎりの範囲外に脱した。

　なおも梶梅が縦横に太刀を浴びせようとしたが、女の動きは俊敏そのものだった。ことごとく攻撃を躱《かわ》していく。刃は女の身体をかすりもしなかった。女は踊るようなステップで梶梅を翻弄《ほんろう》しつづける。やがて梶梅の息が切れだした。重量のある刀は、ただ闇雲に振られるだけになった。梶梅の足もともおぼつかなくなった。

　女は右手の人差し指と中指をまっすぐ伸ばした。いきなり踏みこむや、二本指を梶梅の両目に突き刺した。

　戦慄《せんりつ》の光景に菅浦は震えあがった。梶梅の絶叫が響き渡る。女が指を引き抜いたとき、梶梅の顔面からふたすじの鮮血が噴出した。眼球がいずれも潰《つぶ》れているのが見てとれる。視力を失った梶梅は、激痛に耐えきれないらしく、じたばたと両手を振りかざし暴れだした。

　すると女が日本刀を拾った。右手のみで柄を握る。女は刀を軽々と水平に振り、梶梅の身体を深く斬りつけた。かえす刀でふたたび斬り、なおも縦横に斬りつづける。梶ひと太刀浴びるごとに、梶梅が苦痛の叫びを発し、身体を痙攣させる。

まさになぶり殺しだった。血を噴く箇所がどんどん増えていく。雨足のなかに赤い霧が漂いだした。最後に女が軽く跳躍し、梶梅の喉《のど》もとに日本刀を突き刺した。刃の尖端《せんたん》が首の後ろに貫通した。

泡が次々と水面で弾《はじ》けるような、ブクブクという音がきこえた。全身血まみれになった梶梅が、後方にばったりと倒れた。首から赤い液体を噴水のように放出させること数秒、それっきり動かなくなった。

太った坊主頭の榎垣が、必死の形相で起きあがり、バイクを立て直そうとした。

「轢《ひ》き殺してやる!」

しかし女は間髪をいれず飛び蹴《げ》りを放ち、バイクごと榎垣を地面に叩《たた》き伏せた。榎垣の肥満体はバイクの下敷きになった。さらに女は垂直方向に跳び上がった。横倒しになったバイクのハンドル部分を、女の靴底が勢いよく下方に蹴った。

榎垣が絶叫とともにのけぞった。クラッチレバーやバックミラーの柄の尖端が、榎垣の腹に深々と突き刺さっている。女はなおもハンドルを踏みにじり、傷口を縦横に広げていく。腸《はらわた》が溢れだす。榎垣の苦しみようは梶梅の比ではなかった。生き地獄を菅浦はまのあたりにした。井戸根も完全に腰が抜けている。

ガソリンのにおいが鼻をつく。バイクの燃料タンクから漏れているらしい。女はなにを思ったか、刀を高く振りあげると、バイクのハンドルに何度となく打ち下ろした。刃がぶつかるたび火花が散る。菅浦は女の目的に気づいた。漏れたガソリンがハンドルをつたっている。

「やめてくれ」菅浦は狼狽《ろうばい》しながら弱々しくうったえた。「そんなことは、いくらなんでも……」

だが無慈悲にもハンドルが青白く点火した。女が飛び退くや、炎は爆発的に燃えひろがり、バイクごと榎垣の全身を包みこんだ。巨大な火柱のなか、榎垣が壮絶な叫び声を発する。ほどなくその声も途絶えた。いまは肥満しきった身体が丸焼けになり、炭化しきるのをまつだけでしかない。ぽっかりと口を開いた横顔が、ブロンズ像のように真っ黒に染まり、炎の向こうで揺らいでいた。

女が刀を投げ捨て、こちらに向き直る。依然として前髪が目もとを隠していた。顔には表情ひとつうかがえない。それでも女の殺意だけは明確に読みとれる。

菅浦はなおも起きあがれずにいた。井戸根も同じありさまだった。ふたりは泥のなかにへたりこんだまま後ずさった。女は素手だったが、そんなことは問題ではない。肉食獣と向き合うも同じ状況にちがいない。ゆっくり歩み寄ってくる女に、菅浦は涙ながらに呻《うめ》くしかなかった。

妙にくさい。ガソリンとはちがう。酸っぱいにおいを含む悪臭が漂う。井戸根が小便を漏らしたらしい。あるいは菅浦自身か。たしかめている余裕すらない。

そのとき、ふと女の接近の足がとまった。わずかに顔があがる。

なにを気にしたのか、菅浦にもしだいにわかってきた。雨音にサイレンが交ざる。しかも徐々に音が大きくなる。複数のパトカーがこちらに向かっているようだ。

女は踵《きびす》をかえした。井戸根のバイク、スズキGT380を、女は引き起こした。その一台のみ、ボディやホイールにめだった損傷はなかった。バイクにまたがった女がエンジンを始動させた。やはりヘルメットは被《かぶ》らない。初めて乗るバイクだというのに、半クラッチに手間取る気配もなく、すんなり発進した。バイクが加速しながら走り去る。トタン塀の開口部から敷地外に飛びだしていった。

降りつづく雨のなか、井戸根が声をあげ泣きだした。菅浦も気づけば号泣していた。情けないとは思わない。目の前で先輩が死に、仲間が燃えている。鏡を見たら白髪に染まっていたとしても、なんら驚きに値しない。

16

川崎署の生活安全一課、須藤は覆面パトカー220系クラウンの車内、助手席におさまっていた。

滝のような雨にワイパーが最速でも追いつかない。夜の帳《とばり》が下りる寸前、最も目視が困難になる時間帯の豪雨。一瞬たりとも注意を怠れない。無灯火の車両がまだちらほらいる。運転席の津田も、せわしなくステアリングを切りつづける。

無線の声がひっきりなしに情報を伝えてくる。「場所にあっては、国道十五号線を新川橋《しんかわばし》方面……」

「そっちだ」須藤は指さした。

津田が路地の交わる角で進路を変える。車体の屋根にマグネットで貼りつけたパトランプが、左右の建物の外壁を赤く点滅させる。行く手に大通りの歩道が横たわる。通行人の傘が途切れなく行き交う。サイレンを鳴らしつつ、パトカーはじわじわと徐行し、人々の往来を強引に途切れさせる。クルマの流れの切れ目から、幹線道路へと飛びだした。

片側三車線のいわゆる第一京浜《けいひん》は、ラッシュ時を迎えひどく混み合っていた。そこかしこにパトランプが閃《ひらめ》いている。どのパトカーも渋滞に嵌《は》まり動けない。緊急車両通行に対し、一般車両が道を開けようにも、これでは限度がある。大型トレーラーが横並びになるだけで、進路は塞《ふさ》がれたも同然だった。路上の至るところがそんな様相を呈している。

津田が運転席で身を乗りだし、あらゆる方向を観察した。「いませんね」

「無線が伝えた現在地はここだ」須藤の視界の端を、なにかがすばやく横切っていった。はっとして目を凝らす。須藤は思わず声を張った。「おい！　あれじゃないのか」

無灯火のバイクが中央分離帯、それも緑化された植樹帯のなかを駆けていく。木立の向こうにバイクが見え隠れした。ライダーは夏の制服姿の女子高生。全身ずぶ濡《ぬ》れだが、長い黒髪をなびかせる。すなわちヘルメットはかぶっていない。

総毛立つ思いとはこのことだ。髪の長い女。瘦身《そうしん》だが筋肉質の引き締まった身体つき。クラブ〈ジョルジャ〉の従業員や客、笹舘たちの目撃証言と一致する。

パトカーは中央分離帯に乗り上げられない。渋滞に嵌まったままバイクを見送るしかなかった。だが中央分離帯は逃亡者にとっての聖域ではない。行く手は交叉点《こうさてん》で途切れている。川崎消防署前の横断歩道に、白黒のパトカーが乗りいれ、バイクの進路をインターセプトした。

すかさずバイクが中央分離帯を逸れ、路上に飛びだしてきた。クルマのわずかな隙間を縫うように三車線を横断、南町の路地へと突入した。

すべてのパトカーがひときわ甲高くサイレンを鳴らし、車体を転回させる。ヘッドライトがいっせいに南町方面を向いた。周辺の一般車両を押しのけ、赤いパトランプが続々と、大通りから路地の入口へと駆けこんでいく。

津田もそれに倣い、死にものぐるいにステアリングを切り、さっきの路地に引きかえした。車幅ぎりぎりの細道を走り抜ける。津田が唸《うな》るようにいった。「ほぼ碁盤の目ですよ。どうします?」

須藤のなかに閃くものがあった。「チネチッタの東、名画通りに向かうはずだ。先まわりしろ」

「名画通り……」津田がまた進路を変えた。「了解」

古くからある飲み屋街、バイクならかろうじて走れる道幅、それが名画通りだった。パトカーを振り切るため、女子高生はそこに乗りいれるとしか思えない。駅方面に突っ切り、ラ・チッタデッラに達すれば、バイクを捨てて人混みに紛れるだろう。そうなれば追跡は絶望的だった。なんとしても名画通りに入る前に、女子高生の身柄を確保せねばならない。

街路灯がおぼろに照らす、猥雑《わいざつ》な印象に満ちた路地を走りつづける。無造作にチラシが貼りつけられた電柱、道沿いにひしめきあう低層マンション、連なる赤提灯《あかちょうちん》やピンクいろのスナック看板。放置自転車やゴミ箱も容赦なく道幅を狭めてくる。この辺りの店舗の経営者らは、カラーコーンさえ置けば、路上にエアコンの室外機を張りださせてもかまわないと思っている。何度注意しても改善しない。いまはそれらがいちいち加速を阻む障害物となる。

高齢者が早くも酔っ払っているらしく、千鳥足で路上をふらつく。津田はパトカーをぎりぎりまで接近させ、泥酔者がぶらりと脇に寄った瞬間、すかさず突破した。

路地が交叉する地点に差しかかるたび、ほかのパトカーが目の前を横切っていく。どの車両も右往左往の状態だった。

にわかに自転車が飛びだしてきた。津田が急ブレーキを踏む。路面が濡れているせいで制動距離が伸びる。ぎりぎりで轢《ひ》かずに済んだ。自転車に乗った作業服の男が罵《ば》声《せい》を浴びせてくる。やはり高齢者だった。あいにくかまっている暇もない。津田は角を折れ、猛然とパトカーを疾走させた。

うねうねと路地を曲がるうち、名画通りの入口付近に達した。須藤は自分の勘が正しいことを悟った。ヘッドライトの照らす路地の前方、激しい雨足の向こう、無灯火のバイクがこちらに向かってくる。

女子高生は姿勢を低くしていた。濡れた前髪が目もとを隠している。こちらのパトランプを見てとるや、名画通りに向かうのをあきらめたらしく、角を別方向に折れた。須藤は怒鳴った。「逃がすな！　新川通りに抜けられちまう」

津田の運転は荒く見えて正確だった。後輪を滑らせつつパトカーを直角に曲げ、新たな路地に突入させた。またしても左右のミラーをこすりそうな道幅だが、行く手はほぼまっすぐだった。道端のポリバケツを撥《は》ね飛ばし、容赦なく女子高生を追いあげていく。

ほかのパトカーがバイクの進路を塞ぐことは期待できない。この辺りは舗道がほとんどない。前方に新川通りが見えてきた。女子高生は振り向きもせず、姿勢を低くしながらバイクを加速させ、路地からの脱出をめざす。追いつけない。あと数秒で新川通りに達してしまう。須藤らにとって都合が悪いことに、いま新川通りの車道も歩道も、ここから見るかぎり通行が途絶えている。バイクが幹線道路へ駆けだすのになんら支障がない。

ところが歩道の低い位置に、いきなり小さな傘がふたつ出現した。幼児がふたり、傘をさしながらバイクの前方を横切る。保護者らしき大人は後につづいていた。バイクの音にびくっとし、幼児たちが足をとめる。それでもバイクがすり抜けられる幅は充分にあった。

須藤は瞬時に運の悪さを呪った。バイクがいまにも新川通りに逃げおおせる。パトカーは幼児らがどくまで立ち往生せざるをえない。その数秒間にバイクの行方を見失う恐れがある。

ところが女子高生は幼児たちを前に、バイクを急速にターンさせた。路地をこちらに引きかえしてくる。

無茶な。須藤は肝を冷やした。女子高生はどういうつもりだろう。わずかでも幼児たちを轢く可能性があると判断し、突破を断念したのだとすれば、心がけだけは立派だ。とはいえ代わりにパトカーとの正面衝突を選ぶとは正気の沙汰《さた》でない。津田がブレーキを踏みこみ、パトカーは急激に減速したものの、女子高生のバイクが猛然と迫ってくる。

バイクのアクセルを戻したのが音でわかる。一瞬のみフロントフォークを縮ませ、ふたたびアクセルを吹かした。フロントサスペンションの反動により、バイクの前輪がいきなり浮き上がった。さらに半クラッチを当てたらしく、前輪は高々と上昇し、ウィリー走行を始めた。急速に接近した前輪がパトカーのボンネットに載る。衝撃が車体を揺るがした。

津田が叫び声を発した。「なにしやがる!」

女子高生は前方に体重を移動させ、スロットルを全開にした。ウィリー状態からバイクの後輪を跳ね上げ、フロントバンパーにタイヤを擦りつけると、その駆動力によりもう一段跳躍した。後輪がボンネットの上に載り、前輪はフロントウィンドウを駆け上った。ガラスに縦横の亀裂《きれつ》が走る。直後パトカーの天井が大きく陥没した。次いでリアウィンドウにもヒビが入り、車体後部に強い衝撃を受ける。トランクの蓋《ふた》を凹《へこ》ませ、バイクは後方へと走り去った。

須藤は驚愕《きょうがく》せざるをえなかった。女子高生のバイクは、パトカーの屋根の上を駆け抜けていった。

あわててドアを開けたものの、すぐに脇のブロック塀にぶつかった。降車できるほどの幅は得られない。須藤はドアを叩《たた》きつけるや声を張りあげた。「津田、バックだ！」

津田が血相を変え、ギアをリバースにいれた。後方を振りかえり、パトカーをバックさせる。「畜生。見えねえ」

リアウィンドウにはびっしりと亀裂が走り、蜘蛛《くも》の巣のようなありさまだ。後方視界がほぼ閉ざされた状態にある。津田は前方に向き直り、サイドミラーだけを頼りにバックしつづけた。そのせいで速度をろくに上げられずにいる。

バイクの音が遠ざかっていく。このままでは逃げられる。須藤はシートベルトを外すと、助手席の背を大きく倒した。天井が低くなったせいで身動きがとりづらい。それでも須藤は這《は》いながら、なんとか後部座席へと移動した。

靴底でリアウィンドウを砕くように割る。雨の混ざった強風が吹きこんでくる。女子高生のバイクが路地を疾走していく。間もなく別の路地へと折れようとしている。だが行く手にパトカーが出現し、横向きに停車した。しめたと須藤は思った。バイクの逃げ道がみごと塞《ふさ》がれた。

ところが女子高生はあわてたようすもなく、路地の途中でふいに直角に折れた。バイクは見えなくなった。須藤は驚かざるをえなかった。あんなところに脇道があったのか。いや、乗りいれたのは脇道ではない。

須藤は津田に指示した。「いまバイクが消えた辺りで停めろ」

パトカーは後退しつづけた。やがて津田が急ブレーキをかけた。

真横にドアを開けられるだけの空間がある。そこは飲み屋横丁の入口だった。古い雑居ビルの一階、狭いトンネル状の通路が、奥へと延びている。入口の上端には、横丁に連なる店の看板が、まとめて並んでいた。蛍光灯が切れかかり、看板がさかんに明滅している。むろんクルマは入りこめない。バイクも進入禁止だったが、女子高生はおかまいなしに、さっきここへ逃げこんでいった。

まだ勝機はある。須藤は後部ドアを開け放った。バイクのエンジン音が反響しながら耳に届く。この横丁の先は袋小路のはずだ。

須藤はひとりパトカーを降り、横丁へと駆けだした。薄暗い通路沿いには、等間隔にスナックや小料理屋の看板、出入口のドアがある。ドアのひとつが半開きになり、頭にヘアカーラーを巻きつけたままの老婦が、妙な顔をのぞかせた。バイクが走り抜ける音をききつければ、誰でもそんな表情になる。

やがて須藤は通路の向こうにでた。ふたたび豪雨に打たれる。エンジン音がけたたましく鳴り響いていた。須藤は警戒しながら歩を進めた。

ここは雑居ビルの裏にあたる。粗大ゴミが無数に放置してある。三方は切り立った擁壁、その上は金網のフェンス。須藤の知識どおりの袋小路だった。

バイクはエンジンがかかったまま、粗大ゴミのなかに横倒しになっていた。女子高生の姿はなかった。須藤は辺りを見まわした。人が隠れられる場所はない。

横丁の通路に靴音が響き渡った。津田と制服警官らが駆けてくる。須藤も含め、全員がずぶ濡《ぬ》れの状態だった。

息を弾ませながら津田がきいた。「女子生徒は？」

「緊急配備《キンパイ》」須藤はつぶやいた。「急げ」

津田は腑《ふ》に落ちない顔で袋小路を見まわした。さも不服そうに通路を駆け戻っていった。

稲光が暗がりを明滅させる。かなり遅れて雷鳴が轟《とどろ》いた。須藤は雨雲を仰いだ。女子高生は擁壁をよじ登ったのか。切り立ってはいるものの、よく見れば完全に垂直ではない。わずかな凹凸もある。登るのは不可能ではないが、かなり厳しいはずだ。どこへ消えたというのだろう。幼児を危険に晒《さら》すまいとする一方で、警察には挑戦的な態度を辞さず、結局まんまと逃げおおせた。

横転したバイクが唸《うな》りつづける。須藤は踵《きびす》をかえした。ここに鑑識を呼ぶ必要がある。だがまたしても土砂降りの雨のなかだ。おそらくなにも見つかりはすまい。

17

晴れた土曜の正午前、一Dの中澤陽葵は川崎大師《かわさきだいし》の隣、わりと規模の大きな市民公園に来ていた。

ここには瀋秀園《しんしゅうえん》という本格的な中国庭園があり、チャイナドレスのコスプレをした女子中高生が、よく自撮りをする。敷地内には草野球場やテニスコートのほか、芝生の広場もあった。

陽葵はダンスサークルの仲間とともに、広場の木陰に陣どった。全員が私服姿だった。少し離れた場所まで練習に来たのには、それなりの理由がある。

物騒な事件ばかりが頻発している。三年の梶梅穣治と二年の榎垣迅、一年の尾苗周市が死亡。警察は他殺とみて捜査している、報道でそうきいた。学校でも保護者説明会が開かれた。懸野高校の制服を着た女子生徒が、ノーヘルでバイクを乗りまわし、パトカーに損傷を与えたりもしたという。

事情を知る者がいたら、担任の先生に申しでるように、そんなふうに申し渡された。陽葵はもやもやするものを感じていたが、結局いままで誰にも打ち明けずにいる。

懸野高校の制服を着ていたからには、その女子高生の素性は、江崎瑛里華とはちがうのだろうか。一方ユーチューバーEEのファンがSNSで、芳西高校に該当する女子生徒はいない、そうコメントしていた。

江崎瑛里華が現れて以降、学校周辺に突拍子もないことが起き始めた。治安がいいとはお世辞にもいえない、南町界隈《かいわい》でも異例の事態だ。報道も過熱ぎみで、学校の近くは報道陣だらけだった。制服姿で道を歩いているだけで、ただちにインタビューを求められてしまう。

もっとも、ショックを受けているのは、大人たちばかりのように感じられる。陽葵にしてみれば、乱暴な不良が減った事実に、内心ほっとしていた。多くの生徒たちにとっても同じだろう。涙を浮かべる女子生徒も見かけたものの、たいていは笹舘のグループとつながりがあった。

クラスメイトのほとんどは沈黙を守っている。しかし不良が喧嘩《けんか》で命を落とすのは自業自得、ひそかにそう思っているのはたしかだった。これを機に、乱暴な男子生徒が鳴りを潜めてほしい。そんな願いも頭をもたげてくる。

支障があるとすれば、学校やその近くで、ダンスサークルの練習ができなくなったことだ。喪に服すべき期間に、部活でもないのにダンスなど不謹慎との声があがりそうだった。よって陽葵らは、授業のない土曜を選び、ここまで足を運ばざるをえなかった。私服なら懸野高校の生徒とはバレない。

芽依が声をかけてきた。「陽葵。早くやろうよ」

ふと我にかえった。木陰にたたずんだまま、ぼうっと虚空を眺めていた、そんな自分に気づかされる。陽葵は芽依に笑いかけた。「そうだね。ごめん」

五人でスタンバイのフォーメーションをとった。陽葵と芽依のほか、紬や結菜、穂乃香がそれぞれのポジションにつく。紬がタブレット端末をタップすると、音楽が流れだした。各自が練習してきた振り付けで、ひとまず合わせてみる……。

いつものことだがまるでうまくいかない。まず振り付けがみな自己流すぎる。映像の動きを見よう見まねで再現しようにも、細部がどうなっているか、じつはよくわからなかった。反転した画面を手本にしていないため、左右をまちがって覚えていたりもする。タイミングは当然のごとく合わない。

ぼろぼろの状態で曲が終わった。全員が気まずそうに沈黙する。紬が暗い顔でささやいた。「やっぱ紗奈がいないと……」

「もう」穂乃香がふくれっ面になった。「それはいわない約束でしょ」

「だって……。まず誰かが振り付けをマスターしてくれないと、教わることもできないじゃん」

結菜がため息をついた。「いきなり曲じゃなくて、カウントで練習してからのほうがいいのかな。でもカウントだとタイミングがいつもずれるし……」

するとほかの声が、やけに落ち着いた口調で告げてきた。「ずれても気にせずに進めればいいの。曲で練習するときにタイミングを合わせれば」

全員が目を丸くし、ひとつの方向を見つめた。陽葵もそちらを注視した。

啞然《あぜん》として思わず言葉を失う。芳西高校の夏の制服、江崎瑛里華がそこに立っていた。

四人がいっせいに歓喜の声をあげた。紬が興奮ぎみにたずねた。「え、江崎瑛里華さん!? ユーチューバーのEEさんですよね? ほんとに?」

結菜も顔を輝かせた。「EEさん! いつも動画を拝見してます……。心から尊敬してるんです。すごいですよね。大技だけじゃなくて、リーボックやトゥループのステップもきれいだし」

瑛里華は微笑を浮かべないまでも、穏やかな表情で応じた。「パートを区切って、覚えやすいとこから練習したら? ゆっくりカウントしてテンポを落とせば、振り付けが身体に入りやすくなるでしょ」

「あー……」結菜の笑みに複雑ないろが混ざった。陽葵にささやいてくる。「紗奈がいたころはそうしてたよね……」

すると瑛里華は両腕を優雅に振りだした。「たとえばいまの曲なら、中盤のこのくだり。ワン、ツー、スリー、フォー……」

たちまち目を奪われる。友達の四人も固唾《かたず》を吞《の》んで見守っている。瑛里華のロールは肩を中心とせず、肩甲骨から大きく美しい円を描く。そこにフライングターンがごく自然に加わった。流れるような一連の動作。やはり体幹トレーニングを欠かさないのだろう、身体全体が相応に鍛えあげられている。ダンスに必要な筋肉が充分に身についているようだ。

瑛里華がひとつのパートを踊り終えた。全員が圧倒され、感嘆の声ひとつあげられずにいる。

誰もが萎縮《いしゅく》していた。みな瑛里華に告げたいひとことを口にできない。いうなら自分しかいない、陽葵はそう思った。

「あ、あの」陽葵は瑛里華を見つめた。「よければ教えてもらえないかと……」

無理だろうか。瑛里華にも都合があるにちがいない。ぶっきらぼうに断られる、それも当然かもしれなかった。

けれども瑛里華はあっさりとうなずいた。「いいよ」

四人ははしゃいだ。陽葵も信じられない気持ちで、友達と一緒に喜びあった。予期せぬ幸運とはまさにこのことだ。

それから一時間近く、言葉にできないほど素晴らしい時間を過ごした。瑛里華の指導はわかりやすく丁寧だった。少しも苛立《いらだ》ちをのぞかせることなく、根気強く何度も同じ手本をしめす。常に陽葵たちのレベルに合わせてくれる。瑛里華は疲れ知らずで、ずっと動きつづけていても、息ひとつ乱れない。助言も的確そのものだった。重心をどこに意識するか、ほんのひとことで、全員の動作が見ちがえるように変わった。陽葵もまさか憧《あこが》れのフロートのステップが、すいすいとこなせるようになるとは、ついさっきまで思ってもみなかった。

ダンスの練習を進めるうち、友達と目が合った。誰もが感慨深げなまなざしを向けてくる。陽葵も同感だった。

瑛里華はまるで紗奈の生き還《かえ》りだ。技術や体力は、瑛里華のほうが格段に上だが、やさしさや親しみやすさが共通している。いつも気遣いを忘れない。瑛里華と接するうち、紗奈のことを思いだした。彼女もこんなとき、友達を第一に考えてくれる性格の持ち主だった。

一時間のレッスンはあっという間に終わった。曲をマスターできる自信がついた。五人とも大喜びだったが、一緒に記念撮影をしたいという申し出には、瑛里華は首を縦に振らなかった。みな困惑したものの、あのEEと知り合えた嬉《うれ》しさのほうが勝った。ほどなく誰もが笑顔に戻った。

陽葵のなかには、また釈然としないものが生じた。なぜ写真を撮りたくないのだろう。ネット動画の有名人という以外にも、なにか理由がありそうだ。そもそもきょうここで会ったのは、果たして偶然なのか。瑛里華はいつも荷物ひとつ持っていない。土曜なのに制服姿だった。どんな理由でこの公園に来たのか。

紬と芽依は、ラゾーナ川崎へ行く時間だといった。ほかの友達と待ち合わせをしているらしい。穂乃香は家に親戚《しんせき》が来る、結菜は予備校の授業があるようだ。みな瑛里華と会えるとわかっていたら、予定なんかいれなかったのに、口々にそうこぼした。公園をでると、四人は名残惜しそうに、駅方面へと立ち去っていった。陽葵は瑛里華とふたりきりになった。

特に言葉を交わさないまま、揃ってバス停に立ち、同じバスに乗りこんだ。車内で陽葵はずっと、瑛里華の横顔を眺めつづけた。瑛里華は見かえさず、ただ窓の外を眺めている。ときおり視線がこちらに向くと、今度は陽葵のほうがあわてて目を逸《そ》らした。

なんとなくふしぎな気分だった。瑛里華は同じ方向に帰るところなのか。それとも陽葵につきあってくれているのだろうか。事情もはっきりしない。陽葵は瑛里華に問いかけられずにいた。

いまにもすうっと全身が透き通り、消え失《う》せてしまうのではないか。そう思えるほど、瑛里華は謎めいた幻のような存在に感じられる。ただ一緒にいるだけで、懐かしい気持ちがよみがえってくる。紗奈がいつもそばにいた、あの悲劇以前の日々に戻ったかのようだ。

旧東海道《とうかいどう》沿いのバス停で降りた。瑛里華はまだ無言で歩調を合わせてくる。南町の雑然とした路地に入った。しばらく行くと陽葵の自宅、七階建てのマンションが見えてきた。

陽葵は思いきって話しかけた。「うちに寄ってく？　いまの時間はお母さんがいるけど、紹介したいし……」

瑛里華が首を横に振った。「もう帰らなきゃ」

二度と会えないのでは、ふとそんな不安が胸を締めつけてくる。陽葵はあわてぎみにたずねた。「ど、どこに住んでるの？　わたしからも会いに行きたい」

そのとき男の低い声が耳に届いた。「おい中澤」

どきっとして振りかえる。道端にしゃがんでいた人影が立ちあがった。黒のTシャツに金いろのネックレス、わかりやすい不良ファッション。一Aの井戸根だった。額と頰に痣《あざ》ができている。ズボンのポケットに両手を突っこみ、肩を怒らせながら歩いてきた。

陽葵の自宅前に張りこんでいたのだろう。ぞっとする寒気を陽葵はおぼえた。井戸根が瑛里華に視線を移す。とたんに目を剝《む》いた。

「マジか」井戸根が顔をひきつらせていった。「こいつの居場所をきこうと思って、中澤ん家《ち》の前に来てみたら、本人が現れやがった」

心拍が急激に速まりだした。陽葵は焦燥とともに瑛里華を庇《かば》った。「よ、よその学校の友達で、なにも関係ないから……」

「おめえは黙ってろ!」井戸根が怒鳴ったのち、瑛里華に凄《すご》んだ。「江崎瑛里華。おめえどこのモンだ? ユーチューバーやってるのは、笹舘先輩の女が見つけた。けど芳西高校じゃねえだろ。梶梅先輩や榎垣先輩を殺《や》りやがったのはおめえか? 尾苗も」

陽葵は恐怖をおぼえた。紗奈のことが脳裏をよぎる。体育館で紗奈は井戸根や尾苗に逆らった。そのせいで命を落としたのかもしれない。関わらせるわけにいかない。

瑛里華を逃がすべく、陽葵は両手で突き放した。「早く行って」

しかし瑛里華はふらふらと後退するほど、ヤワな身体つきではなかった。無表情にその場に留《とど》まっている。

「おい!」井戸根が陽葵の後ろ髪をつかんできた。「てめえなにを邪魔してやが……」

頭皮に痛みを感じたのは、ほんの一瞬だった。瑛里華の右手がすばやく井戸根の顎《あご》に伸び、しっかりと掌握した。よほどの握力で締めつけたのか、関節が外れるような音がする。井戸根が苦痛の叫びを発し、陽葵の髪を手放した。

その直後、瑛里華の両腕は目にもとまらない速さで、井戸根の顔面を滅多打ちにした。血や汗、あらゆる体液が飛散する。ダンスの達人は倍速で踊ったりするが、それをさらにうわまわるスピードだった。瑛里華は垂直に跳躍するや、うつむいた井戸根の鼻っ柱に膝蹴《ひざげ》りを浴びせ、滞空中に水平蹴りを放った。井戸根はくの字になり、後方へと飛んだ。道沿いの潰《つぶ》れた店舗の前、入口を塞《ふさ》ぐベニヤ板に、井戸根の背中が叩《たた》きつけられた。

瑛里華は風圧を発生させるほどの迅速さで、井戸根との距離を一瞬で詰めた。左右の手刀と片脚の蹴りを同時に食らわせる。ベニヤ板は漫画のように人の形に割れ、井戸根は廃店舗のなかに倒れこんだ。

辺りにはほかにひとけはない。路地の通行は途絶えていた。瑛里華は井戸根の片足首をつかむと、特に重そうなようすもなく、路上をひきずってきた。啞然《あぜん》と立ち尽くす陽葵の前で、瑛里華の右手が井戸根の坊主頭をわしづかみにし、顔をあげさせた。

「約束して」瑛里華が低くささやいた。「中澤さん、もう二度とここへは来ませんって」

「な」井戸根は鼻血を滴らせていた。前歯も折れている。怯《おび》えきった顔で井戸根はくぐもった声を絞りだした。「中澤さん。もう二度とここへは来ません」

瑛里華はフリスビーを投げるかのように、右腕一本で井戸根を後方へと放り投げた。たったそれだけの動作で、井戸根は異常なほど遠くに飛び、路面に叩きつけられた。ちょうど角を折れてきた軽トラに轢《ひ》かれそうになった。クラクションが鳴り響くなか、井戸根は死にものぐるいで起きあがり、あたふたと敗走していった。

陽葵にとっては、ただひたすらに衝撃的な光景だった。あまりに常軌を逸していて理解が追いつかない。ただ茫然《ぼうぜん》と瑛里華を眺める。「あ、あの……」

無表情のままの瑛里華が、マンションのエントランスを指さした。「入って。きょうは念のため、暗くなってからは外出しないで」

「だけど、あなたは……」

「いいから。話はまた今度」

当惑をおぼえるものの、瑛里華は再会を拒んではいない。それだけでも安堵《あんど》をおぼえる。いまは指示に従うべきかもしれない。

陽葵はマンションのエントランスに向かいかけた。だがふと足がとまった。ドアに嵌《は》まったガラスに自分の顔が映りこんでいる。その背景に目を移した。瑛里華の姿が見あたらない。

息を呑《の》んで振りかえる。路地にはもう誰もいなかった。さっき井戸根を轢きかけた軽トラが、加速しながら横切っていく。路上を舞う砂埃《すなぼこり》、残されたものはそれだけだった。

18

懸野高校の校舎一階、昇降口わきの空き教室は、体育用具倉庫になっている。昼の休み時間と放課後、笹館らはここを溜《た》まり場にしていた。以前なら取り巻きの生徒らが大勢詰めかけ、集会の様相すら呈するのが常だった。

きょうも昼休みを迎えた。一Aの井戸根蓮はいつものように、溜まり場に足を運んだ。あまりの閑散ぶりに言葉もでない。埃っぽい物置同然の室内に、三年の笹館と二年の菅浦しかいなかった。

きょうここに出向くのは憂鬱《ゆううつ》だった。先輩ふたりにドヤされるのがわかっていたからだ。土日に連絡を怠ってしまった。なにがあったか問いただされ、経緯を報告すると、予想どおり笹館は激昂《げきこう》した。

笹館は憤りをあらわにし、井戸根の胸倉をつかみあげた。「あの女と会っただと？

江崎瑛里華と？　なんですぐ俺に知らせなかった？」

「それは、あの……。笹舘さんにいわれたとおり、中澤って女のマンション前に張りこんだんスけど、まさか一緒に現れるとは思わなくて」

「ツラに痣が増えてるな。ボコられたかよ」

「……すいません」

「おめえ、ケーキ三等分できるか」

「そりゃできますよ。あのう、Yの字みたいに切りゃいいんですよね？」

「そんな考えだけで、ちゃんと三等分になるのか」

「ええ。そこは慎重に、それぞれだいたい同じぐらいにしますんで」

「ペンケースに入ってるなにかを使うべきじゃねえのか」

「はい？　ペンケース……。ちょっとわかんないっす」

「本気でいってんのか」

「シャーペンの芯《しん》とか……ですか？」

「分度器」

「……はぁ」

笹舘は井戸根の胸倉をつかんだまま、もう一方の手で、包丁のように大きなナイフを引き抜いた。刃の片側にギザギザのついた、いわゆるサバイバルナイフだった。ナイフの尖端《せんたん》を井戸根の鼻先に突きつけてくる。笹舘は声を張った。「分度器を使えってんだよ！　百二十度ずつナイフをいれられるようによ！」

返事をまたず、笹舘は乱暴に井戸根を突き飛ばした。井戸根はハードルやマットに背をぶつけ、床に転がった。

瑛里華に投げ飛ばされたときほどの痛みではなかった。それでもさも辛《つら》そうにうずくまった。平然とした態度をとったのでは、リンチを求めているのと同じだ。

菅浦がおずおずといった。「笹舘さん。こいつはたしかに馬鹿っすけど、どっかの本に書いてあったみたいに、なんか足りねえとかそういうことじゃねえと思うっす。いちおう高校にも入学できてんだし」

笹舘は苛立《いらだ》たしげに頭を掻《か》きむしった。「知能だか認知能力だかが不足してるから、更生以前に反省の意味すら理解できねえのが不良だとよ。ケーキを三等分できねえってのがその証《あかし》らしい」

「ああ。うちの親も喜んで読んでやがる本だ」

「舐《な》めくさってやがる。だがな」笹舘が井戸根を見下ろしてきた。「おめえみたいな馬鹿のせいで、大人のふざけた珍説が、もっともらしく受けとられちまう」

井戸根はその場で土下座した。「すいません。ほんとすいません」

菅浦がなおも井戸根を弁護しつづける。「こいつは勉強が嫌いってだけで、根っから頭が悪いってわけじゃねえっすよ」

成績が散々なのは井戸根だけではない。死んだ尾苗も井戸根と同様、一年の一学期にして早くも赤点つづきだった。三年の笹舘や二年の菅浦にしても、しょっちゅう補習を受けているはずだ。

たしかに井戸根には馬鹿の自覚があった。けれどもそれなりに努力し、事実を調べたりもした。ゆうべもスマホを手放さず、あちこちの掲示板に質問を書きこんだ。警察が死体をDNA鑑定し、身元を特定した場合、それがまちがっている可能性はないのか。

回答はどれも明確だった。結果が公表されたのなら、その鑑定は百パーセント信頼に足る。ほんの少しでも疑いの余地があるなら、警察はけっして断定しない。死者の名も報道されない。まして葬儀がおこなわれるはずもない。

テレビを観ていても、ニュースキャスターの小難しい説明に、たちまち眠気をおぼえてしまう。そんな井戸根にとっても、こればかりは理解できる。有坂紗奈の死はまぎれもない真実だった。

なら江崎瑛里華という女は何者だろう。瑛里華の睨《にら》みつけてくる目と、初めて至近距離で向きあった。あの燃えるように尖《とが》ったまなざし。紗奈そのものに思えてならない。しかしそんなことを口にすれば、また知性を疑われるだけだ。

笹舘が問い質《ただ》した。「あの〝髪の長い女〟は江崎瑛里華だったのか？　あいつが梶梅たちを殺したのかよ」

「そのう……」井戸根は口ごもった。「まだそこんとこはよく……」

菅浦が顔をしかめた。「なんだよ。ボコられたんなら別人のはずがねえだろ」

「そうなんすけど」どうしてもこれをいわずにはいられない。井戸根は混乱とともに告げた。「俺にはあの女が、有坂紗奈に思えて仕方なくて」

沈黙があった。笹舘が距離を詰めてきた。蹴《け》られるかと思いきや、笹舘はしゃがんで井戸根の顔をのぞきこんだ。「おめえ、有坂紗奈の死を疑ってんのか」

「いえ」また馬鹿の認定を食らったのでは困る。井戸根はあわてて弁明した。「DNA鑑定にまちがいはねえっていうし、死んだのはたしかっす」

いまさらに思えたのか、笹舘がどこか呆《あき》れたような顔になり、ふたたび立ちあがった。菅浦となにやら目配《めくば》せする。もうこんな間抜けしか残ってねえ、無言のうちにそう嘆いたようにも思えた。

幽霊なんかいるわけがない。気をしっかり持たねばならない。利口といわれるほどではなくとも、事実だけは認識できている。死人は生き還《かえ》りはしない。そこだけ肝に銘じておけばいい。

笹舘がつぶやいた。「腹が減った。カレーパン食いてえ」

「俺も」菅浦が同調した。

パシリは下級生の仕事だった。井戸根は身体を起こした。「行ってきます」冷や汗をかきながら引き戸に向かう。横滑りに戸を開けた。廊下に踏みだそうとしたとき、井戸根はぎょっとして立ちすくんだ。

目の前に女子生徒が立つ。懸野高校の制服だった。前髪が目もとを覆っている。引き締まった痩身《そうしん》は江崎瑛里華と変わらない。けれどもなにかがちがって見える。青白い肌にはまるで生気がない。単なる思い過ごしだろうか。

熟考する暇はあたえられなかった。女子生徒はいきなり前蹴りを浴びせてきた。重い衝撃が内臓に響き、井戸根はよろめきながら後ずさった。床に尻餅《しりもち》をついたのちも、感電したように痺《しび》れが尾を引く。瑛里華と同じに思える。

笹舘と菅浦も愕然《がくぜん》とする反応をしめした。しかし女子生徒はただちにその場を離れ、廊下を逃走していった。

上級生の手前、やられっ放しでは終われない。井戸根はてのひらで床を叩《たた》き、痛みを堪《こら》えながら立ちあがった。

「井戸根！」笹舘がサバイバルナイフを放り投げた。研ぎ澄まされた大きな刃《やいば》が足もとに転がった。

飛び道具を託された。井戸根はナイフの柄を握りしめ、引き戸から廊下へと駆けだしていった。

男女生徒らがさかんに廊下を往来する。それでも瑛里華とおぼしき女子生徒の後ろ姿は、瞬時に目にとまった。中央階段を駆け上っていく。井戸根は猛然と追走した。サバイバルナイフを握っているからだろう、別の女子生徒の集団が悲鳴をあげる。うるさい女どもだ。片っ端から血祭りにあげてやりたくなる。だがいまは先に果たすべき目的があった。

井戸根は階段を駆け上った。すれちがう男子生徒らがどよめき、女子生徒たちはすくみあがる。いつしか一線を越えている、井戸根はそう悟った。停学の心配どころか退学、いや通報されてしまうかもしれない。それでも歯止めはきかない。あの幽霊もどきを野放しにはできない。

二階に着いたとき、くだんの女子生徒の背が、さらに上に向かうのを見た。三階へと追跡を続行する。でくわす生徒の数も少なくなった。三階は部室と特別教室ばかりだ。昼休みにはあまり用いられない。

踊り場をまわり、なおも階段を駆け上る。三階の廊下に入った。髪の長い女子生徒が走り去る。ほかにひとけはない。井戸根は全力疾走で追いかけた。女子生徒は突きあたりの音楽室の手前、わきの引き戸に飛びこんだ。姿が室内に消えるや、戸がぴしゃりと閉じた。

ぶっ殺してやる。尾苗の仇《かたき》だ。それだけではない。笹舘から飛び道具を授かった以上、なにもせずに済むわけがない。少年鑑別所にぶちこまれようと、いまは幽霊女の息の根をとめる。仲間うちでいっぱしにリスペクトされる立場にのしあがってやる。気分がやたら昂揚《こうよう》していた。それ以上のことは思いつかなかった。井戸根は引き戸の前に着いた。一気に戸を開け放つ。なかに踏みこんだ。

そこは教室の四分の一以下の面積、かなり狭い部屋だった。左右の棚にトロンボーンやホルン、ユーフォニアムが並ぶ。吹奏楽部の準備室だとわかる。窓辺にはなぜか、生徒用の机と椅子が、ぽつんとひと組だけ存在する。机の上にはフルートが横たえられ、花瓶が添えてあった。菊やカーネーションが生けられている。

井戸根は全身を凍りつかせた。フルートと花。初めて目にしたが、なにを意味するか考えるまでもない。花は吹奏楽部員だった有坂紗奈に手向《たむ》けられている。フルートは紗奈の遺品だろう。

室内は無人だった。女子生徒の姿はどこへともなく消えていた。

だがそう思えたのは一瞬にすぎなかった。いきなり目の前に人影が降ってきた。文字どおり天井からまっすぐ落下し、井戸根の眼前に、膝《ひざ》を曲げもせずに着地した。

ただちにナイフを握る手をつかまれた。力ずくで外側に捻《ひね》られる。女子生徒の鉄のような指先が食いこんでくる。前腕の筋群のうち、いくつかの筋が反らされる。それにより井戸根の握力は緩み、五本の指が開いてしまった。

自分の身体に生じた異変に、驚愕《きょうがく》する時間すら与えられなかった。女子生徒はナイフを逆手に奪いとり、一瞬にして井戸根の胸部を横一文字に斬り裂いた。

痛いというより熱い。火のような熱さをおぼえながら、大量の血が飛び散るのをまのあたりにした。井戸根は叫び声を発した。前髪に目もとが隠れた女子生徒は、全身に返り血を浴びるのもかまわず、サバイバルナイフを縦横に振るった。肉が断たれるばかりか、肋骨《ろっこつ》までがへし折られる。体験したことがないほどの苦痛に包みこまれた。喉《のど》が詰まった。咳《せき》とともに鮮血を一気に吐きだした。

両腕が持ちあがらない。筋力が奪われていくのを実感する。すなわち死にかかっている。女子生徒はナイフを水平にテイクバックするや、井戸根の心臓に刃を深々と突き刺した。

胸の奥でなにかが破裂した。嘔吐《おうと》感が脳を朦朧《もうろう》とさせる。井戸根は膝を折り、仰向《あおむ》けに転がった。天井が見える。前髪に隠れていた女子生徒の目ものぞいた。やはり有坂紗奈の目だ。

女子生徒は花瓶を手にとり、井戸根の胸部めがけ投げつけてきた。花瓶はナイフの柄に命中し、粉々に砕け散った。顔に水滴が降りかかった。かろうじてまだ冷たいと感じた。その直後にすべての知覚が途絶えた。井戸根は苦悶《くもん》の果て、無明の闇に落ちていった。

19

休校になった。もう懸野高校には近づくことさえ難しい。警察は現場検証につづき、校舎の隅々まで調べているという。連日のように報道陣が押し寄せ、近隣住民にまでカメラやマイクを向けてくる。上空をテレビ局のヘリが絶えず旋回しつづける。

笹舘麴は行動の自由を制限されていた。日中は川崎署に呼びだされ、夜になったら親の迎えをまち、ようやく帰宅を許される。自宅前にも覆面パトカーが張りこんでいる。翌朝にはまた出頭の要請がある。任意といいながら、拒否すれば警官が大挙して家に押し寄せてくる。いちど勝手に外出しようとしたが、ただちに追跡され、路上で事情をきかれる羽目になった。無言で通そうとするうち、応援のパトカーが続々と集結する。結局署に出向くしかなくなる。

広めの会議室ではなく、閉塞《へいそく》感のある取調室に案内される、それが日常になった。仲間の数が激減したせいかもしれない。パイプ椅子に座る菅浦は、いつもうつむき、両手で頭を抱えていた。並んで座る笹舘は、逆にふんぞりかえってみせた。教師は制服を着るよう勧めたが、笹舘は断固として拒否し、ずっと私服で通した。学校に行くわけでもないのに制服などありえない。

暑いせいで刑事たちもワイシャツ姿だった。生活安全一課の須藤と津田のほか、名も知らない刑事たちが、入れ替わり立ち替わり同席する。狭い室内には常に十人前後がいた。鉄格子の嵌《は》まった窓の換気だけでは、温度の上昇を抑えきれない。

須藤刑事はひとり立ちあがり、窓の外を眺めた。「児童精神科医の先生がいってた。いわゆる不良少年は、脳の未発達が原因で、常識が育つ余地がなかった可能性があるってよ。なら同情しなきゃなって俺たちも思ってる」

きのうは徹底的に断罪し、きょうは憐《あわ》れみか。笹舘は反発した。「ケーキを三つに割れってんなら、いまそうしてやるぜ？」

「ああ。人間を三枚に下ろすよりはましだ。あの包丁みてえにでかいナイフ、どう使いこなすのか拝見できるか」

「どういう意味だよそりゃ」笹舘は怒りをぶつけた。「俺たちは殺《や》ってねえといってんだろ。しつけえぞ！」

「こっちもうんざりだ」須藤刑事が笹舘に向き直った。「髪の長い女子生徒を、井戸根が追っかけていって、返り討ちにあっただと？　あの部屋にいたのは井戸根のほか、おめえらふたりだけだ」

「俺たちは後から駆けつけたんだよ」

「なんのために？　まさか井戸根を落ち着かせようと、ふたりでデュオでも歌ってやったとか、眠てえことをほざくつもりじゃねえだろうな」

「もうなんにも喋《しゃべ》らねえ。弁護士を親のもとに行かせてばかりいねえで、ここに連れてこいよ」

「来たところでそんな態度だと心証を悪くするぞ。今後いろんな方面にな」

「なにがあったかはもうさんざん話しただろが！」

あのとき笹舘は菅浦とともに、階段を駆け上っていった。ただし井戸根と距離を置くため、わざと少し遅れた。理由は井戸根がサバイバルナイフを握っているからだ。むろん飛び道具を持たせたのは笹舘だが、共犯者になるつもりはなかった。人目の多い校内で堂々と犯罪におよぶのは、下級生ひとりだけでいい。いわば鉄砲玉だ。井戸根が〝髪の長い女〟を仕留めれば、それだけで脅威は去る。

ところが三階に着く前、井戸根の絶叫をきいた。あわてて全力疾走に転じ、三階の廊下に達した。吹奏楽部の準備室の引き戸が開いていた。室内は血の海だった。仰向けに倒れた井戸根の胸に、サバイバルナイフが深々と刺さっていた。なぜか井戸根はずぶ濡《ぬ》れで、何本もの花が全身に貼りついた状態だった。花瓶が投げつけられたらしく、破片が辺りに散乱していた。

向かいに座る津田刑事が、醒《さ》めた顔を笹舘に向けてきた。「髪の長い女子生徒とやらはどこに消えた?」

「知るかよ」笹舘は吐き捨てた。「井戸根が女を追いかけてたのは、みんな見てるはずだ」

「ところが生徒の目撃証言のほとんどは、井戸根に限られててな。通り魔みたいにでかいナイフを握りしめ、血相を変えて駆け抜けていったってよ」

「女を見たって証言もあっただろ」

「何人かはいた。でもそいつらは、どちらかといえばおめえら不良のシンパでな。まともな生徒とはいいがたい」

「どっちがまともかよく調べろよ。ほかの奴らはわざと口をつぐんでやがるんだ」

「校内にいるはずもない見知らぬ女についてか？　それが事実だってんなら、なんのために伏せなきゃならねえ？」

「なぜ貶める？」

「俺たちを貶《おとし》めようとしてるんだよ」

「それは……」

「みんなの嫌われ者だっていう自覚はあるみてえだな」

気にいらない誘導尋問だ。笹舘は憤りとともに早口でまくしたてた。「いまどき防犯カメラを廊下に設置してねえのは、学校の怠慢だろが」

「あったらあったで文句をいうのはおめえらだろう。ＰＴＡが反対したんだとよ。生徒のプライバシー侵害だってな」

「ふざけろ」

「笹舘が防犯カメラの設置に前向きだと、校長先生に伝えとく。できればおめえの自宅にも、ウェブカメラを置いてくれりゃ助かるんだがな」

「監視対象が減ったってのに、これ以上楽しようとしてんじゃねえ」

ふいに菅浦が視線をあげた。憔悴《しょうすい》しきった面持ちで菅浦がささやいた。「刑事さん。鑑識の結果がでるまで数日かかるとかいってただろ。まだなのかよ」

須藤は刑事のひとりを目でうながした。調書とは別のファイルが須藤の手に渡される。それを開きながら須藤がいった。「ここにある。知らせないのは公平じゃないから知らせとく。ナイフの柄からおまえらの指紋や汗、皮膚片は検出されなかった。花瓶の水が付着物を洗い流しちまった」

催促されるまで重要な情報を伏せていた。いかにも警察らしいやり方だ。笹舘は嚙《か》みついた。「不審なDNAとか指紋とか、見つかってねえのか」

「それがな」須藤はページを繰った。「井戸根の血が床全体にひろがって、ほかの遺留物の検出を困難にしてる。採取できた遺留物はすべて、あの部屋に出入りしてた生徒や教師のものだと裏付けられた。それにおめえらふたりの汗と、上履きの跡もあった」

「俺たちは井戸根が刺された直後に踏みこんだんだ。汗や足跡が残っててもふしぎじゃねえ」

菅浦はひとり唸《うな》るような声を発した。「部屋に出入りしてた生徒や教師の遺留物って……。そのなかに有坂紗奈は含まれてるんスか」

沈黙がひろがった。刑事らの視線が交錯する。須藤は津田を一瞥《いちべつ》したのち、また書類に目を戻した。「ああ。わずかだが見つかってる」

津田刑事がただちに補足した。「あまり使われてない部屋だが、生前の有坂紗奈さんは、頻繁に利用していた。吹奏楽部だったからな。半年前の残留物からDNAが見つかることもありうる」

「でも」菅浦は虚《うつ》ろな目を津田に向けた。「その言い方だと、わりと稀《まれ》なことじゃないんスか」

室内はまたも静まりかえった。津田が黙って腕組みをし、須藤を見上げた。硬い顔になった須藤が鼻を鳴らし、ファイルを机の上に投げだした。

「ああ」須藤刑事が淡々と告げてきた。「化けてでたのかもな。おめえらが許せなくて」

笹舘は憤怒《ふんぬ》に駆られた。「馬鹿にすんじゃねえ!」

「隣の連れにいえ!」須藤が声を荒らげた。「オバケが怖くなってゲロする気になったってんなら、ちゃんと話をきいてやる。死んだ仲間に対するなによりの供養になるぞ。もうそれしかねえと胸に刻んどけ！」

20

笹舘はゲンから多額の上納金を要求されていた。だが警察から四六時中マークされている現状では、強盗や空き巣を働く余裕すらない。

やむをえずゲンにそのことを打ち明けた。するとゲンは、〝髪の長い女〟とやらを捜しだせねえとな、そういった。連続殺人が女のしわざだと証明しなければ、笹舘らの容疑は晴れることがない。ゲンもクラブの修繕費を組から要求されているという。いつまでも滞納するわけにいかない、そんな事情を抱えているようだ。

〝髪の長い女〟は江崎瑛里華だと、笹舘は確信していた。井戸根が死ぬ前、一Dの中澤陽葵を監視したところ、瑛里華を連れて現れたらしい。ならば陽葵を攫《さら》って、女の居所を吐かせればいい。それがゲンの考えだった。

薄曇りの日、めずらしく署への呼びだしがなかった。午後五時すぎ、ゲンは大きめのワンボックスカーをまわしてきた。笹舘は助手席に同乗した。後部座席の積み荷を見るや、笹舘は緊張に身を硬くした。ガムテープにロープ、刃物のほか、猟銃が横たわる。ヤクザがレンコンと呼ぶ、銃身の短いリボルバー式拳銃もあった。

陽がかなり傾いてきた。市電通りで菅浦を拾った。きょうの菅浦は、あちこち嗅《か》ぎまわる役割だった。

運転席はゲン、助手席に笹舘、後部座席には菅浦がおさまる。走りだした車内で、菅浦が身を乗りだしてきた。「中澤陽葵が留守なのは、署に行ってるからっすよ。生徒らが次々に呼びだされてるんです」

笹舘は妙に思った。「井戸根が刺されたとき、中澤は近くにいなかったろ」

「それがどうやら、井戸根から因縁をつけられた生徒たちに、警察は話をきいてるらしくて。井戸根は尾苗とつるんで、中澤のダンスサークルをひやかしたことがあるとか。誰かが担任にでもうったえたんでしょう」

きょう笹舘たちに声がかからなかった理由はそれか。ほかの生徒からの事情聴取を進める方針のようだ。そのせいで中澤陽葵は留守だった。あの刑事も面倒なことをしてくれる。笹舘は菅浦を振りかえった。「そんなに長くかからねえだろ」

「ええ。でも署の前で見張るわけにもいかねえんで……。中澤の住んでるマンション前にいれば、じきに帰ってくるんじゃないっすか」

「それしかないか」笹舘は前方に向き直った。「ゲンさん」

「わかった。その女子生徒のマンションだな」ゲンがステアリングを切った。クルマが第一京浜方面へと引きかえす。

「あのう、ゲンさん」笹舘は問いかけた。「佐和橋のじいさんとは連絡とれねえんですか」

「沖縄へ行くといったきり雲隠れだ。ニュースをきいたからだろうな」ゲンは忌々しげにため息をついた。「あのじいさん、かなり節操がなくてよ。フィリピン人の若え女とつきあったはいいが、逆に詐欺られて有り金をごっそり盗まれちまって」

さしておかしくもないが、笹舘は苦笑してみせた。「ろくでなしカップルっすね。年の差もかなりのもんでしょう」

「ああ。あんなじいさんを相手にしてくれる二十代は、ほかにいないらしくてな。じいさんもセックスできなくなるのは寂しいとみえて、さんざんだまされたくせに、女と縒《よ》りを戻したってよ」

「マジっすか。あのじいさん、組にも属さずに、ワケありの死体の処分だけ請け負ってて、生計が立つんスかね」

「考えてみりゃ、あんなふうに山奥で死体を燃やすだけなら、なにもじいさんに頼む必要もなかったよな。結局俺たちまで現地に行かされたし、手伝わされたしな」

「俺は最初からそう思ってたっすよ。派手に燃えたせいで、たちまち発覚して、翌日には被害者の身元まで報道されるなんて」

「もうちょっと慎重な手を使ってくれると思ったんだがなぁ。ま、そうはいっても、俺じゃ死体をどう処分したらいいか思いつきもしねえし、あのじいさんがそうするしかねえと考えたんなら、それがベストだったんだろうな」

「海に投げこんだりするよりマシだったってんスか」

「いまだに足はついてないだろ？　そこが肝心だよ。証拠が残ってたら俺もおめえらも、とっくに逮捕されちまってる。その点じいさんのおかげで、なにもかも燃やし尽くしたからな」

「死体三つは難なく発見されちまいましたけどね」

「八百度以上で焼けば骨も残らなかったりする。でもクルマにガソリン撒《ま》いたぐらいじゃ、五百度が限界だとよ。死体の処分ってのはほんと難しい。どこに沈めようが、ぷっかり浮かんできやがる。だからこそ経験豊富な佐和橋のじいさんに頼むしかなかった」

「ガソリン撒いてクルマごと燃やすとか、俺たちでもできますけどね」

「逗子ってロケーションはなかなか思いつかねえ。あの辺りなら街頭防犯カメラもねえってのは、佐和橋のじいさんの知恵だ。いちおう一日《いちじつ》の長があったわけだ」

ワンボックスカーが南町の路地に乗りいれた。いくつか角を折れた先、前方に七階建てのマンションが見えている。ここなら車両二台ぶんの道幅がある。ゲンがクルマを道端に寄せ停車する。

ゲンが辺りを見まわした。「サツはいねえな」

しばし時間が過ぎた。マンションの隣は潰《つぶ》れた店舗だった。出入口をふさぐベニヤ板が、人の形に刳《く》り貫《ぬ》かれている。笹舘は顎《あご》をしゃくった。「菅浦。ありゃなんだ」

「さあ。いたずらじゃないっすか」菅浦の声がにわかに緊張の響きを帯びた。「笹舘さん。来ました。たぶんあれです」

笹舘は菅浦が指さすほうを見つめた。後部はサイドもリアも、ウィンドウにフィルムが貼ってある。外からは車内のようすは見えない。

ふたり連れが路地を歩いてくる。懸野高校の制服の女子生徒、わりと大柄だった。以前にも美術室で会った。まちがいなく中澤陽葵だ。長さ五十センチ近い横長のバッグを提げている。もうひとりは四十代ぐらいの女でロングワンピース姿だった。顔は陽葵によく似ている。署に付き添った母親にちがいない。

菅浦がきいた。「あの長いバッグはなんスかね」

「フルートだろ」笹舘は身体ごと後方に向き直った。「有坂紗奈の形見なんて、ほかに引き取り手がなかったんじゃねえのか」

吹奏楽部の準備室に、花と一緒に供えてあった遺品だが、警察はもう調べる必要なしと判断したらしい。室内のほかの楽器類は、持ち主の部員らがみな気味悪がり、処分を願いでたという。警察は要請に応《こた》えているようだ。

未解決の殺人事件において、現場にあった物は長年、警察が保管するのが常だときく。捜査員たちは井戸根の死を軽視している。あるいは一般の生徒たちの意思を尊重することで、笹舘らを心理的に追い詰めようとしているのか。相応のあつかいを受けられるのは、まともな生徒のみ。殺人の疑いがある不良は対象外。あの須藤という刑事は露骨に差別しやがる。

ゲンはクルマのエンジンをかけっぱなしにしていた。「充分に引きつけてからいけ」

菅浦が腰を浮かせ、サイドのスライドドアに手をかけた。「わかってます」

母娘《おやこ》は特に警戒したようすもなく歩いてくる。自宅まであと少しだ、気を抜くのも当然かもしれない。ここで張ると判断したゲンには頭がさがる。運よくほかには人通りが途絶えていた。いまは車両の通行もない。

静寂を破り、ドアを横滑りに開け放つ、騒々しい音が響き渡った。車内に外気が吹きこんでくる。菅浦が後部座席から外に飛びだす。母娘が驚きの表情で立ちすくんだ。菅浦は陽葵を抱きかかえ、車内に連れこもうとした。しかし母親が陽葵の手を放さず、必死に引き留めようとする。菅浦のこぶしが母親の顔面を殴りつけた。数発殴り、路面にくずおれてもまだ、母は娘から手を放さない。

陽葵が抵抗しだした。「お母さん！」

菅浦はローキックを母親に浴びせ、なんとか手を振りほどいた。陽葵が泣き叫び、手足をばたつかせる。そんな陽葵を軽々と持ち上げ、菅浦は車内に転がりこんだ。スライドドアは開いたままだったが、ゲンがクルマを急発進させた。陽葵の悲鳴が響き渡る。これでは街じゅうに誘拐を宣伝しているも同然だ。

笹舘は苛立《いらだ》ちをおぼえた。「さっさと口をふさげ！」

にわかに悲鳴がくぐもった唸《うな》り声になる。菅浦がガムテープを陽葵の口に貼りつけた。ロープで縛る余裕はないらしく、伸ばしたガムテープを身体じゅうに巻きつけていく。後ろ手に固定することには成功したが、まだ陽葵の両足が車内を蹴《け》る。菅浦はナイフを手にとり、陽葵の喉《のど》もとに這《は》わせた。ようやく陽葵が息を呑《の》む反応をしめした。菅浦が陽葵の両脚にもガムテープを巻いた。

ガムテープのミイラ状態になった陽葵は、すっかり身動きできなくなり、ただ後部座席に横たわっている。やっと車内が静かになった。菅浦がスライドドアを閉じる。

そのあいだもゲンは右に左にと路地を疾走していった。ついに新川通りに飛びだし、赤信号を無視し交叉点《こうさてん》を突っ切った。クラクションを浴びてもかまわず加速し、さかんに車線変更しつづける。

「さて」ゲンがステアリングを切りながらつぶやいた。「これからどうするかだ」

笹舘は面食らった。「どこに行くか決めてねえんスか」

「佐和橋のじいさんの偉大さが身に沁《し》みるな。監視の目がねえ場所を把握してやがったんだからな」

陽葵の嗚咽《おえつ》が耳に届く。笹舘は振りかえった。「菅浦。そいつスマホは?」

「持ってやがった」菅浦が手にしたスマホをしめした。「これだ」

「電源を切っとけ。さっきのババアはどうせもう通報してる」

「はいよ」菅浦がスマホをいじった。位置情報電波を垂れ流しにはできない。

このクルマのナンバーはテンプラだった。たとえ覚えられていても、それだけで手配はまわらない。誘拐の容疑をかけられようとも、いまは陽葵の口を割らせるほうが優先する。〝髪の長い女〟の所在をききださねばならない。あの女を拉致《らち》したのち、すべての犯行を自白させてやる。録音した音声データ入りUSBメモリーとともに、死体をどこかに放りだしておく。証拠さえ残さなければ、笹舘たちが誘拐犯だとはバレない。むしろ警察は、これまでの見当ちがいを詫《わ》びる立場に成り下がる。

ゲンの後ろ盾になっている暴力団も、最終的には笹舘に力を貸してくれるだろう。笹舘から吸いあげるはずの上納金を失うのは、組にとっても痛手のはずだからだ。

今後は多額の上納金を捻出《ねんしゅつ》するため、強盗を繰りかえさねばならない。それでもいまを凌《しの》げればいい。そのうち働きを認められることもありうる。ゲンよりももっと有力な大人に見初められるかもしれない。

空は赤みを濃くしていたが、幹線道路はいまのところ、渋滞と呼ぶほどの混みようではなかった。ほどなくクルマは大師ジャンクションを折れ、首都高神奈川六号のランプに入った。高速道路に乗った。ゲンの意図はすぐあきらかになった。アクアラインに向かっている。長い地下トンネルを猛進していくと、やがて上り勾配《こうばい》に差しかかった。その先は海上に延びる道路だった。夕陽が海面をやたら眩《まぶ》しく照らしだす。

誰もひとことも喋《しゃべ》らなかった。ただ黙々とドライブがつづいた。ときおり陽葵が救いを求めるように、甲高く唸り声を発する。うるせえ、菅浦がそう一喝しながら平手打ちを浴びせる。またしばらく静かになる。そんな状況の繰りかえしだった。

笹舘は前方を眺めつづけた。アクアラインの果て、輝く海原の向こう側、オレンジいろに染まる陸地が見えてくる。千葉県の木更津《きさらづ》だった。湾岸の工業地帯や市街地越しに、広大な緑がひろがっている。低い山々も連なっていた。

なぜかぼんやりと過去が脳裏をよぎる。両親の空威張りが鼻につく、そんな家に笹舘は育った。特に母親がうざかった。小五で万引き事件を起こし、わざと捕まったのは、母親に思い知らせるためだった。あいつは自分の息子が、親や世間に刃向かえる勇気など持ってはいない、そう高をくくっていた。

中学ではライターを片手に、あちこち放火してまわった。気に食わない同級生のロッカーのなかを丸焼けにした。カツアゲにより遊ぶ金を得た。自販機荒らしのコツも備わった。少年鑑別所をでてほどなく、集団強盗が日常になった。

母親は何度も学校に呼びだされた。馬鹿な女だけに、いつも教師に食ってかかるしか能がなかった。凶器は友達から預かっただけ。恐喝や強盗の首謀者は別にいる。そんな笹舘の嘘を鵜呑《うの》みにし、そのままを教師にうったえた。

息子のためを想っての行為ではない、笹舘はそのことに気づいていた。嘘を本気で信じてもいない。あいつはわが身かわいさから、己れの子育てに過ちがあった事実を認めたがらないだけだ。自分の理想を幼少期の子供に押しつけた。そのせいで子供は将来を棒に振った。もう少しで路頭に迷うところだった。母親は責任を追及されても、意に介さないふりをし、みずからをだましつづけた。その罪を一生背負い、ただ苦しんで生きればいい。オヤジもババアも凶悪犯の親でしかない。

クルマは木更津に渡ったものの、高速道を下りた周辺は、かなり栄えていた。平地が多かった。人里離れた場所を求め、あちこちさまよううち、空が暗くなってきた。それなりの山林を見つけても、すぐ近くに宅地造成地があったりする。ゴルフ場の看板もやたら目についた。

黄昏《たそがれ》どきを迎えたころ、ようやく逗子によく似た山道を見つけた。結局、前の犯行の再現以外、とるべき方法がなかった。クルマは雑木林の奥深くに分けいった。

木立のなか道なき道を進んでいく。ワンボックスカーが停車した。笹舘はドアを開け放ち、車外に降り立った。

自然に囲まれているせいか、この季節のわりに涼しかった。空は藍《あい》いろがかっているが、もはやほぼ闇夜といえた。なんの鳥かわからない鳴き声がこだまする。ゲンがエンジンを切った。静寂がひろがる。ヘッドライトが消灯すると、辺りは真っ暗になった。

スライドドアの開放音が響く。陽葵が地面に放りだされた。暗がりのなかにうっすらと、ミイラ状態の陽葵が横たわるのが見える。スマホのライトで照らしたいところだが、光を遠方から気づかれたくない。

菅浦がぼやいた。「ブスはやる気がおきねえ。口を割らせるだけでいいか」

女の顔は闇に紛れ、ろくに見えない。性欲が暴走しない理由は、実のところほかにあった。〝髪の長い女〟の居場所が知りたい。ききださないうちは落ち着かない。切羽詰まった立場にあることを、いまになって自覚する。あの女を捕らえたい。それが果たされるなら、当面はほかになにもいらない。

ゲンが近くに立ち警告した。「おい菅浦。女の口からガムテープを剝《は》がしたら、たちまち悲鳴をあげるぞ」

菅浦の影がクルマに引きかえしていく。「ならゲンさん。もっと刃渡りの長いブツ、借りてもいいっすか」

車内で身をかがめ、菅浦が凶器を選び始めた。やけに時間がかかる。暗すぎて手もとが見えないらしい。

笹舘はじれったさとともに声をかけた。「菅浦。一瞬だけなら車内灯、点《つ》けてもいいからよ」

にわかに明かりが灯《とも》った。菅浦が車内で背中を丸めている。すぐにまた消灯した。菅浦が持ちだしてきた物が、ぼんやりと視認できる。白鞘《しらさや》に収められた、鍔《つば》のない日本刀の長脇差《わきざし》。ヤクザ御用達《ごようたし》の長ドスだった。

菅浦が鞘からドスを抜いた。刃渡りは六十センチ以上もある。地面に横たわる陽葵が、悲痛な呻《うめ》き声を発した。

陽葵のわきにひざまずき、菅浦がドスをかざした。「いまから喋れるようにしてやるが、絶対に叫ぶなよ。こいつで心臓を抉《えぐ》られたくなきゃな。おめえからききたいのはただひとつ、髪の長い女の居場所だ」

人質の口からガムテープを引き剝がす。笹舘は陽葵を急《せ》かした。「さっさと答えろ。有坂紗奈みてえになりてえか」

沈黙があった。陽葵が顔をこわばらせ、震える声でささやいた。「やっぱり……」

「やっぱりなんだ？　俺たちが殺したってか」

菅浦がせせら笑った。「どんな気分で死んでったか、いまからたっぷり味わわせてやるからよ。それが嫌ならとっとと吐いちまえ。髪の長い……」

暗闇のなかで銀いろの刃《やいば》が、ふいに回転しながら宙に舞った。菅浦がドスを振りかざしたのだろうか。それにしては不自然なタイミングに感じられた。

だが笹舘が疑問を突き詰める前に、菅浦が濁った声をあげた。酔っ払いの嘔吐《おうと》に似た声。ふざけていると思ったらしい、ゲンが笑いだした。

ところが菅浦はのけぞった。笹舘は闇に目を凝らした。腹から刃の尖端《せんたん》が突きだしているのが見てとれた。なにかが顔に降りかかる。血飛沫《ちしぶき》のようだ。刃はふいに消え、またわずかに場所を変え、ふたたび身体を貫通した。菅浦の背から腹へ、何度も刃が抜き刺しされる。そのたび菅浦は全身を痙攣《けいれん》させた。夜空を仰ぎ、動物じみた叫びを漏らした。

まだ菅浦は絶命していないようだ。助けを乞《こ》うように両手を振りまわす。苦痛のみならず、恐怖にとらわれたのか、情けない泣き声も発していた。ただしそれは数秒とつづかなかった。銀いろに閃《ひらめ》く刃が、水平に鈍い光を放った。菅浦の声は途絶えた。同時に噴水が上がった。菅浦の頭が、バネ仕掛けのように飛び、放物線を描きながら迫ってきた。

「うわ!」笹舘は思わず声をあげた。眼前に飛んできた塊を手で払いのけた。生温かい頬を打つ触覚があった。

ゲンもあわてたように後ずさった。菅浦の頭が地面に転がった。暗がりのなかでも、こちらを見上げたまま凍りついた菅浦の表情が、おぼろに浮かんでいる。

陽葵が呻き声を必死に響かせる。首から上を失った菅浦が、脱力しながら横倒しになる。陽葵が両脚を曲げ、死体を蹴《け》って遠ざけた。

この世のものとは思えない恐ろしさとは、まさにこれにちがいない。笹舘の体温はすっかり奪い去られ、異常なほどの悪寒に包まれていた。まだ立っていられるのは、全身の血管が凍りついたせいかもしれない、そう思えるほど手足が冷えきっている。

暗闇のなか、不明瞭《ふめいりよう》に懸野高校の夏の制服が浮かびあがる。微風が木々の枝葉をざわつかせた。女子高生の長い黒髪もそよいだ。前髪が目もとを覆い隠している。白い肌はぼうっと発光して見えた。あの女が長ドスを片手にたたずんでいた。

21

真っ暗だった。有坂紗奈はミニバンの車内後部、荷台に揺られていた。

一緒に横たわるのは父と母。触れあっていると、幼いころ両親のベッドに潜りこみ、添い寝してもらったのを思いだす。あのときとちがうのは、肌が徐々に冷たくなっていくことだ。

ひどく寒い。服を着ていないからだ。紗奈は裸のままだった。顔がやたらとひりつく。何度も殴られ、感覚が麻痺《まひ》していたのが、徐々に痛みが戻ってきた。手を持ちあげ、自分の頬に触れたいと願う。しかし指一本動かせない。身体に力が入らなかった。

ミニバンはなおもしばらく走りつづけた。やがて減速したと感じた。タイヤが凹凸を乗り越えていく。ほどなく停車に至った。

運転席のドアが開閉する音が響く。話し声は耳に届かない。不良グループから佐和橋のじいさんと呼ばれた老人が、このミニバンのドライバーだった。ほかに同乗者はいない。目的地は逗子だと佐和橋はいった。横浜横須賀道から十六号、事前に道筋はそう説明された。もう一台のクルマとバイク組に対しては、環状二号経由で向かうよう、佐和橋が残る全員に指示した。制限速度を守れともいった。

高速道路を通ったようには思えない。ほとんど時間も経っていないようだ。ここは本当に逗子だろうか。

リアハッチが跳ね上がった。禿《は》げ頭にぎょろ目、八十近い老人が紗奈を見下ろす。佐和橋の両手が伸びてきて、紗奈を抱き上げた。年齢のわりに腕力があった。まるで荷物を下ろすように、紗奈の身体を地面に放りだした。そこには毛布が敷いてあったが、土の冷たさが肌に染みてくる。紗奈は身をこごめたかったが、それすらもかなわなかった。筋力がいっこうに戻らない。ただ仰向《あおむ》けになり、手足を投げだし横たわるしかない。

両目とも開ききっていないのを自覚した。瞼《まぶた》が腫《は》れているようだ。それでもあるていどの視界は得られた。夜空が見えている。周りはブロック塀に囲まれていた。狭い庭だった。粗末な木造の平屋に面している。平屋には縁側があった。痩《や》せた女がサンダルを履き、庭に駆けだしてきた。

女は二十代前半に思えた。おかっぱの黒髪に柄物のワンピース姿。早口にまくしたてる言葉は日本語ではなかった。まるで家畜を見るような目で紗奈を一瞥《いちべつ》する。女が佐和橋に猛然と抗議しだした。

佐和橋は日本語で怒鳴った。「うるせぇ！　俺の稼ぎだ、てめぇは黙ってろ」

なおも女が負けじと声を張りあげる。ときおり英語の悪態が交ざった。

「あ？」佐和橋の額に青筋が浮かびあがった。「てめぇ俺の金をパクったうえに、そこいらのチンピラとも懇《ねんご》ろになりやがって。使い古しのアバズレが。おめぇごとき寝泊まりできてるだけでもありがたく思いやがれ！」

女は紗奈を指さしながら、さかんにがなり立てた。なにをうったえているのかはわからない。だが女はサンダルの底で紗奈の裸体を踏みにじりだした。

「馬鹿野郎！」佐和橋が女を突き飛ばした。「てめぇラリってるな。まさか俺のヤクに手をつけたのか」

女はふらつきながら後ずさり、もう少しで尻餅《しりもち》をつくところだった。かろうじて踏み留《とど》まった女が、またも憤然と怒鳴った。地面に唾《つば》を吐き、佐和橋に背を向けた。足ばやに縁側へと立ち去りながら、なにかぼそりといった。捨て台詞《ぜりふ》の後半、コール・ザ・ポリスと告げたようにきこえた。警察に通報する気だろうか。

佐和橋は地面から大きめの石を拾いあげた。女の背後に駆け寄り、後頭部を石で殴りつけた。

紗奈は愕然《がくぜん》とした。突っ伏した女の頭に、佐和橋がさらに何度か石を振り下ろす。ぐったりとした女の上半身を起こし、力ずくで服を裂いた。手荒に下着を剝《は》ぎとり、女を裸にしてから、肩に担いだ。しっかりした足どりでミニバンに向かうと、佐和橋は女を荷台に放りこんだ。フィリピン系とおぼしき女は頭を奥にし、紗奈の両親とともに車内に横たわった。佐和橋がリアハッチを乱暴に閉じた。

一連の作業にはためらいも迷いも感じられなかった。佐和橋は最初からフィリピン人の女を殺すつもりだったのだろう。

縁側に上がった佐和橋が、平屋のなかに姿を消したが、すぐにまた外にでてきた。手にはポリ袋を提げている。

佐和橋は紗奈のわきにひざまずいた。ポリ袋からペットボトルをとりだし、蓋《ふた》を外した。ミネラルウォーターらしい。錠剤を紗奈の口に押しこもうとする。紗奈は顔を振って拒んだ。口も固く閉じた。とっさに身体がそれだけの反応をしめした。

「じたばたすんじゃねえ！」佐和橋は紗奈に馬乗りになり、無理やり口を開かせると、錠剤を押しこんだ。ミネラルウォーターを浴びせるように流しこむ。

息が苦しい。吐き気が襲ったものの、咳《せ》きこむことさえできなかった。喉《のど》や鼻孔に流入する水を拒絶できない。意識が朦朧《もうろう》としつつある。

やがて溺《おぼ》れるも同然に窒息し、紗奈の思考は途切れた。あらゆる感覚を喪失し、無の境地に没入していった。

どれだけ時間が過ぎたかわからない。紗奈の意識はぼんやりと戻りだした。

ただし視野にはなにもない。目の前を闇が覆っている。そう思ったとき、視界全体が赤く染まった。

光を浴びたようだ。目を閉じているだけなのか。いや、瞼になにかを貼られている。仰向けになり、大の字に寝た状態だと自覚できた。筋力や感覚は戻っていた。ただし手首と足首を固定されている。自由は奪われたままだった。

ひどく肌寒い。まだ裸にちがいない。しかし吹きつける風は感じなかった。屋外ではない。靴音がきこえる。ひとりではなくふたりだ。ひそひそと話す男の声が反響する。コンクリート壁に囲まれた空間に思える。

靴音が近づいてきて、近くで立ちどまった。中年とおぼしき男の声がこだました。

「うわ、腫れてるな。やりすぎだろ」

もうひとりのしわがれた声は佐和橋だった。「俺は手加減しろっていったんだけどよ」

「ピルは？」

「すぐに飲ませた。睡眠薬と一緒にな。孕《はら》みはしねえだろ？」

「でもどうするんだ？　術後はもっと腫れるぜ？　目も当てられない顔になるぞ」

「なら当面はこの小娘も安泰に過ごせるだろ」

「まあそうか……。脂肪吸引から腫れが引くまでの三か月、島のハイエナどもも敬遠するだろうしな。いつものことだ」

「敬遠は一か月ぐらいだろ」佐和橋の声がいった。「ふた月めには、そこそこ見れるツラになる。前にいってたな。二重瞼《ふたえまぶた》にする切開手術だっけ、あれをやるともうしばらく、忌み嫌われる期間が長引くとか」

「ああ。縫合痕《あと》が内出血で黒ずむからだ。鼻に人工軟骨《プロテーゼ》をいれた場合もそうでね。顔の真んなかが無残に真っ黒になる。まるで手術を失敗したみたいに」

「この小娘の場合は？　どこまでやるんだ？」

「たらこ唇っぽいな。唇も切って薄くしたほうがいいだろ」

「ってことはフルコースか」佐和橋の唸《うな》り声がきこえた。「あんまり経費をかけたかねえんだよ。そこそこ値がついても、利益がでなくなるじゃねえか」

「心配すんなよ」金属音がした。なにか道具をいじっているらしい。「お得意さんにはいつもと同じ代金でサービスするからよ」

佐和橋がため息をつき、椅子に座る気配があった。「杼馬《とちま》先生、どっかで美容外科やってたのか」

杼馬と呼ばれた医師らしき男の声は、紗奈の枕もとできこえる。「やってないよ。日本では医師免許さえありゃいいんだ。形成外科の経験なんか積まなくても、美容外科の看板を掲げられるしな」

「医師免許あったんか」

「ない」杼馬の声が笑った。「まともな医者は組の御用達《ごようたし》にならない。最近はどの病院も反社の入院お断りだからな。おかげで医師免を取り損なったモグリに需要がある」

「刺し傷を縫ったり、弾を摘出したりすんのか」

「さんざんやったよ。福岡のほうで十年以上も……。人身売買も最初は、その組の独占事業だったからな」

「いい時代になった。いまじゃ俺みたいなプーも参入できる」

「組の力が弱まった。暴対法のせいだ。これも時の流れだな」桴馬が顔を近づけてきたらしい。吐息が吹きかかった。「さて。どこから手をつけたもんかな。頬のこの辺り……」

ちくっとした痛みが走った。紗奈は顔をそむけた。

「おい!?」桴馬が驚きの声を発した。「こいつ起きてるじゃねえか」

首が動かせる。もしかして声もだせるのか。紗奈は喉に絡む呻《うめ》き声を発した。しだいに声を大きくする。誰かに助けを求めたい、そんな衝動的な反応だった。

いきなり口をふさがれた。桴馬の手にちがいない。佐和橋の舌打ちがきこえる。椅子から立ちあがったらしい。ぼやきに似た佐和橋の声が近づいてくる。「長《なげ》え船旅だったからな。薬も切れるだろ。局部麻酔でやれねえのか」

「局部麻酔じゃ声は抑えられん」桴馬がやれやれといいたげにつぶやいた。「仕方ない。あまり使いたくないが……」

今度は前腕の一か所に痛みが走った。注射されたようだ。液体が体内に流入したのを感じる。たちまち意識が遠のきかけた。

佐和橋の声が嘲《あざけ》るようにささやいた。「また起きそうになったら鏡を見せりゃいい。ブスすぎる自分の顔に失神するだろうぜ」

ふたりの男の低く笑う声が響いた。

悔しい。翻弄《ほんろう》されるばかりでしかないのか。紗奈は抵抗のすべもなく、また深い眠りに落ちていった。

22

細切れに意識がときおり戻っては、また気を失う。その繰りかえしの果て、いまに至るらしい。ぼうっとしながらも、記憶が断片的に浮かびあがってくる。

長いことトラックの荷台に揺られたようだ。極端に身体を丸めた状態で、窮屈な木箱のなかに押しこまれたりもした。船に乗せられたようだ。気分が悪くなったが、嘔《おう》吐《と》感が募るより先に、意識が朦朧としだした。ほどなく眠りについてしまった。

いま紗奈は寝起きのように、どこか放心状態ながら、自分の足で歩いていた。ふと我にかえる。曇り空の下、どこか辺鄙《へんぴ》な港にいた。閑散とした埠頭《ふとう》だった。ウミネコの鳴き声が響き渡る。近くには誰もいない。停泊しているのも、錆《さ》びついた漁船ばかりだった。

裾《すそ》を引きずっている。大きめのガウンを羽織っていた。気温は低くなかった。ガウンの下は裸のようだが、たしかなことはわからない。ここに来るまでの経緯も、ほとんど思いだせない。

右手首を佐和橋につかまれている。佐和橋は半袖《はんそで》シャツにスラックス姿だった。繋留《けいりゅう》中の小ぶりなクルーザーに近づく。やはりかなり古びた船体だった。塗装が剝《は》げ落ちている。佐和橋は両手で紗奈の身体を抱きあげ、船上に乗せた。

「そこに入れ」佐和橋が指示した。「座ってろ」

甲板と呼べるほど広いスペースはどこにもない。物置のように狭い屋根つきのキャビンが、船上のほとんどを占めていた。内壁に沿ってコの字に椅子が設置してある。

その一角に紗奈は腰かけた。

斜め前方にメッキされた柱があった。鏡のごとく自分の姿が映りこんだ。

思わず目を疑った。ひどい下ぶくれの顔がそこにある。頰から顎《あご》にかけ、尋常でないほど腫《は》れあがっている。目や鼻の周辺に、黒々とした斑点《はんてん》がいくつも浮かぶ。膨らんだ瞼《まぶた》はブルドッグのようだ。タイヤのように腫れた上唇と下唇には、いずれも縫合の糸がくっきりと横断する。肩にかかる長さの、ぼさぼさになった髪だけが、紗奈自身であることを物語る。

しかし驚きの表情ひとつ浮かばなかった。ただぼんやり鏡像を眺めるばかりだった。そのうち涙が頬をつたった。これが自分なのか。まるで面影がない。まさに醜さの極みだ。こんなふうにされてしまった。いま生きている実感さえない。覚めない悪夢のなかを漂っているようだ。この先どうなるのだろう。なにも考えられない。

佐和橋が繋船ロープをほどいた。キャビンのなかに入ってくると、前方の操舵席《そうだ》に向かった。エンジン音が鳴り響く。船体が振動しだした。さらに上下に揺れながら、埠頭をゆっくりと離れていく。クルーザーが海原を加速し始めた。

なにが起きたかは認識できている。あの一夜の記憶もいっこうに薄らがない。だが感情は鈍化している。恐怖にうろたえてもおかしくないはずが、そんな衝動は生じにくい。まだ薬が残っているせいか。あるいは憔悴《しょうすい》しきり、虚無に浸ったがゆえだろうか。

クルーザーは猛進しつづけた。やがて水平線の彼方《かなた》に陸地が見えてきた。それがどんどん大きくなる。

原生林のような緑に覆われた島だった。木々のうねるような枝が熱帯地方を思わせる。そういえば海のいろがきれいだった。曇り空の下、やけに蒸し暑くもある。おそらく小さな島だ。クルーザーは減速しつつ接近した。木製の桟橋が迫ってくる。ごつごつとした岩場のほか、白い砂浜も見えていた。

　船体を桟橋に横付けすると、佐和橋は操舵席を離れた。またロープで繫留したのち、キャビンに引きかえしてきた。紗奈の右手首をつかみ、力ずくで引き立てる。紗奈はおぼつかない足どりで、佐和橋とともに下船した。

　さっき出発した港よりも、さらに人の手が入ってなさそうな島に思える。雑草が生い茂る斜面に、ただ踏み固められただけとおぼしき、未舗装の小径《こみち》ができている。佐和橋に手を引かれ、紗奈はそこを上っていった。草むらのなかには、野生にちがいない動物の死骸《しがい》に、無数の鳥が群がっていた。

　丘の頂上に達した。やはり土が剝《む》きだしの広場に、木製の東屋《あずまや》が点在する。どれも半壊状態だった。うちひとつには腐った魚がいくつもぶら下がっていた。遠方に目を転じると、雑木林が覆う谷間の一帯に、瓦《かわら》屋根がそこかしこに見える。人の営みはあるようだ。ただし電柱は木でできていた。麦わら帽子に粗末なシャツ姿の高齢者が、ヤギを連れながら、ゆっくりと横切っていく。

　広場にはほかにも男が立っていた。真っ黒に日焼けした顔に五分刈り頭、年齢不詳、筋肉質な身体つき。前歯は黄いろかった。なぜか腰に縄を巻いている。男は紗奈を一《いち》瞥《べっ》すると、ポケットから札束をつかみだした。十万円ずつの束をいくつか渡す。佐和橋がなおも要求した。男が苦い顔で、一万円札を数枚だけ追加した。

渋々といったようすで佐和橋がうなずく。男は腰に巻いた縄をほどき、紗奈の首に巻きつけた。引き解け結び、いわゆる片結びで縛りあげる。縄の片方を引っぱれば容易に絞めつけられる結び方だ。いましがた通り過ぎていったヤギと同様、首にかけた縄を引き、紗奈を連行する。

行き先はすぐ近く、崖《がけ》っぷちにある崩れかかった東屋だった。屋根の下に壊れかけの長椅子がある。そこに座るよう指示を受ける。紗奈はいわれるままに従った。縄は近くの柱にくくりつけられた。男は三十センチ四方ぐらいの木板を手にとった。その木板には細い紐がついていて、首から下げられるようになっている。男が紗奈の首に木板を吊《つる》した。

紗奈は木板を見下ろした。〝金壱万〟とだけ大書してある。男は東屋の前にある鉄製の箱の蓋《ふた》を開けた。賽銭《さいせん》箱と同様、上部が格子状になっていて、紙幣が投げこめる仕組みだった。男は方言なのかなんなのか、紗奈のききとれない言葉を佐和橋に発し、ゆっくりと立ち去った。

佐和橋が札束をポケットにしまい、ぶらりと近づいてきた。「ここは冨米野《ふめの》島といってな。いちおう沖縄県だが、本島からはかなり遠い。別名、輪姦島《りんかんじま》。もうわかるだろ。過去にいろいろあって、まともな職に就けねえ男ばっかり、ここで漁をしながら自給自足で暮らしてる。娯楽は闘鶏だけ。学校も病院もなし。女が極端に少なくてよ」

言葉は耳に届いている。だが心にはなにも響かない。辛《つら》さや哀しみを感じないわけではない。ただそれらの感情が表出しなくなった。涙が涸《か》れたというべきかもしれない。

「いいか」佐和橋の皺《しわ》だらけの顔がのぞきこんできた。「おめえは一回一万で貸しだされる家畜みたいなもんだ。長生きしたきゃ主人を喜ばせろ。ここの伝統だからな。それとな、サツはいねえ。県警は見て見ぬふりだ。駐在所は閉まってるし、半年に一回、巡査がひとり訪ねてくるだけだ。そんときはおめえも、どっかの納屋にしまわれる」

紗奈は黙っていた。佐和橋の顔に焦点が合わない。ただ虚空を眺めつづける。

佐和橋はしばらく紗奈を見つめていたが、やがて身体を起こした。東屋から立ち去りかけ、ふと足をとめる。佐和橋が振りかえった。「最初のうちは、そんなに声はかからねえ。ひでえ見た目だからな。だが整形手術の腫れが引いてくるにつれ、だんだん男が群がってくる。よくできてるだろ、徐々に客が増えて、慣れていけるようになってる。三か月後には大繁盛だ」

「帰りたい」紗奈はつぶやいた。

「あ？」

「帰りたい」

「馬鹿いえ。おめえは死んだことになってる。もう失う物はねえんだから、覚悟をきめな」

静止したような時間が、微妙に動きだす気がした。胸の奥からなんらかの感情がこみあげてくる。視界が不明瞭《ふめいりょう》になり、やがて波打ちだした。ひさしぶりに涙が滲《にじ》んでくる。

もう失う物はない。そのひとことのせいだろう。両親を思いだした。もうこの世にいない。紗奈は孤独の身だった。

佐和橋は鼻を鳴らし、さっさと丘を下っていった。クルーザーに戻るようだ。紗奈はひとり東屋に座り、誰もいない広場を眺めるしかなかった。

クルーザーのエンジン音がきこえた。海上を急速に遠ざかっていく。静寂が訪れた。佐和橋は島を離れ、紗奈だけが残された。

草むらのなかにできた道を、軽トラが徐行してきた。古びた車体の沖縄ナンバーだった。運転席には白髪の男性が見える。助手席はその妻か、高齢の女性だった。暑いせいか、ふたりとも薄着にしている。老婦はこちらに目を向けた。しばらく紗奈を見つめていたものの、無表情のまま前方に向き直った。軽トラは通過していった。荷台には泥まみれの農作物を積んでいた。

佐和橋の話が本当だとすれば、女が住んでいるだけでも驚きだ。まさか若いころ、紗奈と同じように連れて来られたのか。そのまま住みつき、島民の男と結婚したのだろうか。輪姦島の歴史はそんなに古いのか。

女が買われるばかりとはかぎらない。夫婦はふつうに存在するものの、それ以外に男の性欲の捌《は》け口として、紗奈のような慰み者が送りこまれるのかもしれない。年齢を重ねても、女に目がない夫を、妻が半ばあきらめぎみに放任する。そんな状況もありうるだろう。あの歳で島を退去しないからには、それなりの営みがここにあると考えられた。

なんにせよろくでなしばかりだ。男女を問わず、まともな倫理観があれば、こんな島に住みつづけたりはしない。

深く考えるだけ無駄だった。紗奈はそう思い直した。島民の暮らしぶりを推し量ったところで、いまさらなんになる。同じ生活が手に入るわけではない。もう自分は人間以下の家畜なのだから。

湿り気のある視線を感じた。ふと気づくと、東屋のすぐ外に、薄汚れた老人が立っていた。禿《は》げ頭にわずかな白髪を残し、ぼろぼろの半纏《はんてん》を着て、釣り具を手にしている。

老人は紗奈を見ると、真顔で舌なめずりした。醜悪な外見になった紗奈に興味を抱くとは、よほど女に飢えているのかもしれない。

釣り具を地面に置くと、老人は東屋に入りこんできた。金を払ってはいないが、悪びれたようすもなく、紗奈の隣に座った。体臭がきつい。いきなり老人が両手を広げ、紗奈に抱きついてきた。唾液《だえき》にまみれた疣《いぼ》だらけの舌が、紗奈の顔を舐《な》めようとしてくる。かさついた肌は紙やすりのように、擦《こす》れるだけで痛い。悪臭を帯びた吐息を放ちつつ、前歯の欠けた不衛生な口が、いま目の前に迫ってくる。

紗奈はつぶやきを漏らした。「いい加減にしろよ」

老人が妙な顔で動きをとめた。その一瞬のうちに、紗奈は自分の首を縛る縄をつかみ、強く引っぱった。引き解け結びはそれだけで緩み、輪が大きくなる。紗奈は輪を老人の首にかけ、肘《ひじ》打ちで顔面を強打した。老人は椅子から後方に転げ落ちそうになった。紗奈は跳ね起きるように立ちあがると、両手で老人を突き飛ばした。

叫びは一秒足らずだった。老人は東屋《あずまや》裏の崖《がけ》に垂直落下した。縄はすぐさま張りきり、老人が首吊《くびつ》り状態になった。体重が引き解け結びを絞めあげる。輪が際限なく引き絞られていった。老人は嘔吐《おうと》も同然の呻《うめ》きを発し、宙吊りのまま手足をばたつかせた。その動きが徐々に小さくなる。やがてだらりと脱力しきり、振り子のように揺れるのみになった。

紗奈は崖下を見つめていたが、ため息とともに身体を起こした。激しいめまいをおぼえる。ただし罪悪感はほとんど生じない。いまだ情動は鈍ったままのようだ。筋力が戻ったこと自体は喜ばしい。ふらつきながら東屋をでる。

すると道の上にバイクが停まっていた。スーパーカブのような小ぶりなバイクだが、またがっているのはわりと大柄の男だった。皮膚炎なのか泥のような質感の肌をしている。伸ばし放題の髭《ひげ》に、薄汚れたランニングシャツ。たすき掛けのストラップに、棒状の物を背負っている。よく目を凝らすと、それは猟銃のようだった。

男はさっきの老人より若かった。まだ六十前かもしれない。油断なく紗奈を睨《にら》みつけている。いま東屋で起きた一部始終を、この男は目撃していたようだ。

恐怖が募り、紗奈は身を翻した。広場から桟橋に下りる坂道へは、とても到達できない。すぐ近くの小径《こみち》を駆け下りていった。島の内陸へと向かっている。それでもこしか逃げ場がない。

バイクのエンジン音が吠《ほ》えるように高く唸《うな》った。後方から追跡してくる。紗奈は猛然と走っていった。ガウンが脱げそうになる。首から下げた板が邪魔だ。ただちに板を取り払い、フリスビーのように背後へ投げた。だがバイクに命中することはなく、追っ手との距離が縮まってしまった。紗奈はふたたびバイクに背を向け、死にものぐるいで逃げつづけた。

息があがりそうだが、まだ限界には達していない。裸足《はだし》だといまになって自覚した。それでも足の裏で土を蹴《け》ることは、速く走るのに好都合だった。十六歳の紗奈に、いまいかんなく発揮できるものがあるとすれば、体力だけだった。アスリートのピークはみな十代といわれる。ダンスのため体幹トレーニングもおこなってきた。それなりに持久力はあるし、敏捷性《びんしょう》にも自信がある、そのことを思いだした。

めざすのは雑木林のなかにのぞく瓦屋根《かわら》だった。行く手に平屋が見えてきた。外に洗濯物が干してある。開いた窓のなかに老婆の顔がのぞいた。

「助けて!」紗奈は叫びながら駆け寄った。「なかにいれて!」

ところが紗奈が窓辺に達する前に、老婆は平然とした顔で鎧戸《よろいど》を下ろした。錆《さ》びた鉄板が窓を覆う。紗奈は鎧戸を叩《たた》いたが、なんの反応もなかった。

ほかの窓も次々と鎧戸が閉じられていく。玄関の扉からも施錠の音がする。紗奈は愕然《がくぜん》とし、外壁に手を這《は》わせた。沖縄だけに鉄筋コンクリート造のようだ。堅牢《けんろう》な安全地帯に迎えられなかった。さっきの老婆にとってはありふれた事態だったのだろう。

バイクの音が接近してくる。紗奈は建物の裏手にまわりこんだ。ところが行く手に別の大男がまちかまえていた。上半身裸で筋肉隆々、顎《あご》が割れていた。年齢はさらに若く五十代のようだ。この男も体臭がきつい。笑いながら紗奈を両腕で抱き締め、宙に浮かせた。

色情魔そのものの表情が紗奈の顔を見上げる。口の端から唾液を滴らせる。酔っ払っているらしく酒くさかった。充血しきった目が紗奈を凝視してくる。人というよりただの野人だ。両腕が強烈に締めあげてくる。背骨が折れそうだ。

紗奈のなかでなにかが切れた。魚を捌《さば》くのも可哀想に思える、それが従来の紗奈だった。ステーキを口にするのも、牛を思い浮かべると不可能だった。平気な人間はなぜ平気なのか、理由がわからなかった。

いまになってようやく理解できる。自分の命をつなぐためだ。いま紗奈の目の前にいるのも、ことさらに生き物ととらえる必要はない。蛋白質《たんぱくしつ》でできているかもしれないが、ただの動く脅威だ。壊していい。

男は紗奈を両腕で抱えているため、手が自由にならない。逆に紗奈は両手を動かせる。紗奈は男の顔の左右に手を這わせた。両親指を力いっぱい男の両目に突っこんだ。なんとも思わなかった。ウズラの卵を地面からほじくりだす、そんな作業に等しい。あえて現実から意識を遠ざけているわけでもない。この男の眼球なのはわかっている。

それがどうしたというのだろう。

咆哮《ほうこう》に似た凄《すさ》まじい絶叫を男は発した。紗奈をつかむ両腕の力が緩む。むしろその状況を利用し、紗奈は両親指に体重をかけ、よりいっそう深く突き刺した。眼球とは案外大きいようだ。ウズラの卵というよりピンポン玉か。爪で引っ掻《か》くように手前にむしりとろうとしたが、奥が貼りついている。親指を上下左右に動かし、引き剝《は》がしにかかる。指先が柔らかいものにあたった。どうやらこれが脳らしい。触感は味噌《みそ》に近い。たしかに海老《えび》の頭を砕いたとき、なかにこんな半固形の物体がある。

脳から眼球をいくらか剝がした。だが目玉をほじくりだすまでには至らなかった。それでも男はすでに死んだらしく、酔い潰《つぶ》れたように地面に倒れこんだ。

紗奈は笑った。両目が奥にひっこんだ、そんな男の顔は滑稽《こっけい》だった。ぽっかり開いた口と三つ、ただの穴に見えてくる。

バイクの音が背後に迫ったが、紗奈はあわてなかった。近くの切り株に斧《おの》が突き立ててあった。その柄を両手でつかみ引き抜いた。

振り向いたときバイクが走ってきた。紗奈はみずからバイクに駆け寄った。身体を動かす喜びが自然に湧き起こってくる。運動の楽しさだった。ダンスでいうコークスクリューで跳躍する。身体を地面と水平にし、なおも捻《ひね》りながら、男の胸元を斧で斬り裂いた。

　呻き声とともに男がのけぞり、バイクごと転倒した。紗奈はコークスクリューの動作そのままに、巻きつけていた脚を外すように、空中で体勢を整えながら着地した。

　倒れたバイクのわきで、男が泡を食って身体を起こした。猟銃をかまえようとしている。紗奈は猛然と襲いかかった。斧を振り下ろし、男の片腕を切断した。勢いがあったせいか、大根を切るときより楽だった。男が叫びを発したため、おかげで顔がどこにあるか、しっかり目視せずとも把握できる。紗奈は声の発生源めがけ、斧を水平に振った。男の頭部は容易に上下に割れた。どろどろと流出する中身はピザのチーズに似ていた。

　死体と化した男が突っ伏したとき、近くで金属音がした。平屋の鎧戸が持ち上がっている。老婆が慄然《りつぜん》とした顔をのぞかせていた。紗奈と目が合うと、老婆はあわてたように身を退かせた。支柱の外れた鎧戸が下りようとする。だが紗奈はとっさに斧を投げた。回転しながら飛んだ斧が、鎧戸が閉じきる寸前、隙間に挟まった。

紗奈は歩み寄り、鎧戸を持ちあげた。窓枠に足をかけ、平屋のなかに入りこむ。内部は間仕切りのないひと部屋で、半分が土間だった。農作物や生活用品が溢《あふ》れている。裸電球ひとつが照らしていた。老婦が部屋の隅に退避し、血相を変えながら、なにやら叫んだ。やはり方言らしい。まるできき取れない。

金属製の火かき棒が横たわっていた。紗奈はそれを拾いあげ、老婦に歩み寄った。「おばあさん、ここ輪姦島だよね。連れて来られる子、可哀想じゃん。見て見ぬふりをしてた?」

老婦は恐怖にひきつったまなざしで紗奈を見かえした。方言でなにやら必死にわめき散らす。

騒々しい、紗奈はそう思った。犬が吠えるのと変わらない。

紗奈は火かき棒の尖端《せんたん》を老婦の腹に突き立てた。カラスの泣き声に似た絶叫を老婆は発した。目を剝《む》き、舌を突きだし、全身を激しく痙攣《けいれん》させる。紗奈は何度も火かき棒を抜き刺しし、老婆の内臓を砕いていった。どこに骨があって、身体を貫きにくいのか、だんだんわかってきた。やがて老婆はボロ布《きれ》のように崩れ落ちた。

紗奈はため息をついた。何歩か後ずさる。血まみれになって倒れる老婆を見下ろした。

ここにいても誰かが来る。逃げねばならない。だが狭い島のどこに行く。途方に暮れたりはしなかった。紗奈は環境に適応しつつあった。やはり人はどんな状況下にあろうと、案外慣れるものだ。

畳の上にあがった。簞笥《たんす》から衣類をつかみだす。ほとんどは老婦の農作業服だった。長靴もある。食品棚の燻製《くんせい》は遠慮する。獲得するのは缶詰と缶切り、飲料水。大きな包丁もあった。野獣を狩ったほうが空腹を凌《しの》げるかもしれない。それらをまとめてズダ袋に放りこんだ。

どうせ高校生をつづけていても、日々学ぶことを義務づけられる。ここも同じだ。生きるすべを体得していけばいい。佐和橋の話によれば、紗奈の顔の腫《は》れが引いていくと、徐々に変態どもが本気をだしてくるという。なら序盤は限られた人数の襲撃者を相手に、返り討ちのための鍛錬を積める。日数を経るとともに敵が増えてくる。脅威が接近する気配を察しうるよう、常に緊張しつづければ、胆力の養成になる。迅速な対処も習得目標とすればいい。もともと毎朝の走りこみや、体幹トレーニングは日課にしてきた。

ジョアキム・カランブーの心得だ。ぜんぶゲームのようにとらえればいい。追いこまれるがゆえ独学で成長できる。自然環境こそが師。最も学べるのは窮鼠《きゅうそ》。迷いなど生じない。もうほかに選択肢がない。怖がる理由もなくなった。

ズダ袋を引きずり、紗奈は平屋の外にでた。ふたつの死体に早くも蠅がたかっている。目の刳《く》り貫《ぬ》き方や斧の使い方を、この短時間で学べた。やはりJKの法則は正しい。

倒れたバイクを引き起こした。原付の運転しか知らないが、少しエンジンが大きくなっても、たいして変わりはしないだろう。

犬の吠《ほ》える声がきこえる。男たちのざわめきも耳に届いた。崖《がけ》から首吊《くびつ》りになった老人に、住人ら全般が騒ぎだすころだ。

紗奈はバイクを発進させた。思いのほか推力がある。凹凸の激しい地面に安定性を失い、たちまち転倒しそうになる。だがなんとか持ちこたえ、徐々に速度をあげていった。

哀しみの感情など捨てた。川崎に置いてきた。いまは向上心だけが残る。人殺しに目覚めた。輪姦島の住民を血祭りにあげながら経験値を獲得していく。何週間でも、何か月でもつづける。途中でゲームオーバーになってもいっこうにかまわない。とっくに死んでいるのだから。

23

嵐のせいで海は荒れていた。波が大きく隆起しては陥没する。佐和橋の乗るクルーザーも、絶え間なく上下に揺さぶられた。正午すぎだというのに、辺りは日没直前のような暗さだ。

豪雨が強風に吹かれ、横殴りの水飛沫《みずしぶき》となり、キャビンの後方から容赦なく叩《たた》きつけてくる。まるで滝壺《たきつぼ》のようでもある。季節はじきに夏になる。沖縄の周辺海域だけに、けっして寒くはない。しかしこんな日に当たるとはついていない。

佐和橋は同乗者に笑いかけた。「杼馬先生。だからやめとけっていっただろが。医者が来るとこじゃねえんだよ」

白髪交じりの頭に黒縁眼鏡、かりゆしウェアの五十代半ば。しかめっ面の杼馬は船酔いを堪《こら》えているらしく、さかんに深呼吸をしつづけた。「医師はむやみに薬を飲まん。酔い止めひとつ遠慮してる」

「そうまでしてなんでついてきた?」

「きょうしか行けないといったじゃないか。輪姦島は三か月ぶりだとか」

「ああ、そうだよ」佐和橋は後ろを振りかえった。「商売の機会なんてめったにねえからな」

小柄な十五歳の少女が、ガウンにくるまり震えている。顔は術後の常でぱんぱんに腫れあがり、正視できたものではない。いつもの売り物、新たに仕入れた女子中学生だった。新潟で家出して上京、親と仲が悪く、いまだ行方不明者届もだされていない。ひさしぶりに好都合な小娘に出会った。

佐和橋は前方に目を戻した。「杼馬先生。ききたかったんだけどよ。手術ってのはちゃんとやれてるのか。腫れが引きゃ本当に、それなりの見てくれになるのかよ」

「なる。輪姦島からの返品はないだろ? 整形の甲斐《かい》あってのことだ」

「女に飢えたオヤジやジジイばっかの島だからな。若え連中《わけ》はごくひと握りだ。よほどのブスじゃなきゃ需要があるだろうぜ。もし気に食わなくても、たぶん殺しちまって終わりだろうしな」

「だからこの目でたしかめたいんだよ。三か月前の作品の仕上がりをな」

有坂紗奈か。たしかに気になる。術後の腫れ以前に、笹舘らがさんざんいたぶったため、途方もなく醜い顔になっていた。杼馬の話では素材がそこそこ上物《じょうもの》で、しかも手術自体もうまくいったらしく、これは美人になるとのことだった。唇や鼻孔の縫合痕《あと》は、溶ける糸を使ったため、自然に消えてなくなるという。どんな女になっているか、興味を持たずにはいられない。

海上は濃霧に覆われている。視界不良の前方に、うっすらと島の輪郭が浮かびだした。もう思いのほか近かった。佐和橋はクルーザーを減速させた。

こんなに見づらくては、いつもの桟橋を探すのもひと苦労だった。それでも左右の陸地から湾内での位置を把握できた。佐和橋は慎重に操舵《そうだ》をつづけた。

やがて桟橋に船体側面が近づいた。十メートル以内に距離が縮まらねば、目視もかなないほどのありさまだ。これだから嵐のなかの航海は気が抜けない。

佐和橋は妙に思った。桟橋にはほかにもクルーザーが繋留《けいりゅう》している。見える範囲内だけでも三隻はいた。どれも小ぶりな船体だった。

杼馬がきいた。「なんだ？　ほかの売り手か？」

たぶんそうだ。だがこんなに多くが鉢合わせするとはめずらしい。しかもこんな荒天に売り手が集まるとは。

エンジンをニュートラルにし、クルーザーを惰性で進めながら、桟橋へと斜めに近づく。反対方向にハンドルを切り、船体を平行にする。ここまで来れば波が高くてもさして支障はない。船体はうまく桟橋に横付けできた。

佐和橋はキャビン後方から室外にでた。レインコートを羽織っているものの、豪雨はやはり厄介だった。目を瞬《しばた》かせながらロープを手にとり、桟橋の繋船《けいせん》柱に巻きつける。

杼馬も姿を現した。女子中学生をキャビンに残したまま、先に下船の意思をしめしてくる。乗り物酔いが激しいらしい。佐和橋は手を貸してやった。

桟橋に降り立った杼馬は、レインコートのフードから顔をのぞかせ、島を見上げた。唖然《あぜん》とするような素振りをしめす。杼馬がたずねてきた。「ありゃなんだ?」

その視線を追い、佐和橋も島に目を向けた。丘の上、低く垂れこめる雨雲が、ぼうっと赤く染まっている。

火事か。この豪雨のなかでも燃えるとは、油にでも引火したのだろうか。

杼馬の嘔吐《おうと》による濁った声がきこえた。やれやれと佐和橋は思った。「汚ねえな。ふだんなら海に吐けというとこだが、きょうは雨が洗い流……」

振りかえったとたん、佐和橋は言葉を失った。濃霧のなか、杼馬は顎《あご》を突きだすように立ち尽くしている。何者かが背後に立ち、片腕を杼馬の首に巻きつけていた。

農作業服姿の女だった。振りかざしたナイフを、杼馬の胸部に力いっぱい突き刺す。

豪雨のなかでも鮮血が飛び散ったのがわかった。引き抜かれたナイフが、今度は水平に振られ、杼馬の苦痛に歪《ゆが》んだ顔を貫いた。右頬から左頬に刃が通り抜けた。そのまま前方に斬り裂かれる。杼馬は口裂け男と化した。

佐和橋は思わず叫びながら後ずさった。足がもつれ、その場に尻餅《しりもち》をついた。

杼馬が手前に突っ伏した。靄《もや》のなかに農作業服がたたずむ。逆手に握ったナイフから血が滴り落ちていた。

桟橋の上に人影が次々と浮かびあがった。そのさまはまるで幽霊だった。農作業服が四人か五人、いっせいに距離を詰めてくる。佐和橋は恐怖にすくみあがり、必死に船内へと這《は》い戻った。キャビンのなかに転がりこむ。

ガウン姿の女子中学生と目が合う。腫れあがった顔に怯《おび》えのいろが浮かぶ。茫然《ぼうぜん》としたまなざしが見つめてきた。かまってはいられない。佐和橋はキャビン前方の操舵席に飛びついた。

スロットルレバーを握り全開にする。エンジンが甲高く唸《うな》ったが、船体は波に上下するばかりだ。

しまった。佐和橋は自分の失態を呪った。クルーザーはロープで繋留したままだ。

佐和橋は振りかえった。とたんに心臓がとまりそうなほどの驚愕《きょうがく》をおぼえた。

間近にずぶ濡《ぬ》れの農作業服らが、ひしめきあいながら立ち、佐和橋を囲んでいた。いつの間にかキャビンに侵入し、無表情に佐和橋を見つめている。

全員が女だった。どの顔も酷《ひど》いが、肌艶《はだつや》は若いとわかる。術後の腫《は》れぐあいはそれぞれに異なる。内出血や縫合痕が一様に残っていた。まだ島に着いて間もないらしい。

船外にはもうひとり農作業服がいた。繋船柱からロープを外したらしい。最後にその女がキャビンに入ってくると、ほかの女たちが左右に退いた。

鳥肌が立った。佐和橋の真正面にたたずむ農作業服。モデルのように端整な顔だった。見覚えはない。だが氷のように冷やかな目がじっと見つめる。記憶に残るまなざし。有坂紗奈だ。

紗奈は握っていたナイフを、手のなかで回転させた。なぜか柄のほうを佐和橋に差しだした。

受けとれというのか。わけのわからない行動だ。それが望みならそうしてやる。佐和橋はナイフの柄をつかむや、紗奈に襲いかかろうとした。

ところが紗奈の手が瞬時に佐和橋の腕を握りしめた。爪を深く食いこませてくる。激痛と痺《しび》れのなか、佐和橋の五本指は自然に開いてしまった。

なぜこんなことが起きる。この女は腕の筋について熟知しているのか。わざわざナイフを渡したのは実験台にするためか。紗奈の筋力も途方もなく増している。

佐和橋が狼狽《ろうばい》しているうちに、紗奈がナイフをひったくった。次の瞬間、刃は佐和橋の下腹部を深々と抉《えぐ》った。

この歳になるまで経験したことのない苦痛とは、まさにこれにちがいない。視線を落とすとズボンの裂け目が真っ赤に染まっていた。鮮血を吸った布の切れ端とともに、身体の一部が切りとられ、床に転がっている。あまりの痛さに膝《ひざ》が立たない。佐和橋は腰が抜けたも同然にうずくまった。

農作業服の若い女たちは、なんの驚きもしめさない。無言のまま冷やかに佐和橋を見下ろしている。

すると紗奈の手が佐和橋の後頭部をつかみ、顔面をハンドルに叩《たた》きつけた。

紗奈の声が低く告げてきた。「舳《へ》先《さき》を海に向けて」

視界に涙が溢《あふ》れる。佐和橋は想像を絶する苦痛を耐え忍びながら、なんとか声を絞りだした。「おめえらこんな真似をしてただで……」

さらなる激痛が腰を貫通した。紗奈がまたナイフを刺したとわかる。切断された神経が、高圧電流に感電したように、激しく痺れた。紗奈はナイフを抜き、なおも繰りかえし腰を刺してきた。佐和橋は絶叫し、ひたすら悶《もだ》えた。

見守る女たちは依然として無反応だった。尋常でない激痛や痺れが、急速に全身を蝕《むしば》んでいく。死にかけている。なのに思考や感覚はまだ持続する。怖い。逆らえない。かろうじて腕を動かしうる筋力は、わざと残したにちがいない。佐和橋は必死にハンドルとスロットルレバーを操作した。船体を転回させる。針路が開けた海原に向いた。

操舵はあまりにも簡単だ。ハンドルで左右に曲がる。スロットルを開ければ推進、閉じれば減速。難しいのは接岸だけだが、この女たちはどうせ船を乗り捨てるつもりだろう。どこかに到達してしまえば、陸にあがるぐらいどうにかなってしまう。

佐和橋はあたかも複雑な操作であるかのように、緻密《ちみつ》に操作するふりをした。自分の必要性をアピールし、どうにか生き永らえようと画策した。

だが紗奈の沈黙には、だいたいわかった、そんな含みが感じられた。佐和橋はうったえたかった。でたらめな針路で、荒海のなかを突っ切るのは危険だ。殺さないでほしい。けれども声が絞りだせなかった。

三か月間、ほかの売り手が女たちを連れてきた。この農作業服の群れがそうだ。売り手はひとり残らず死んだのだろう。島民も無事ではいまい。あの火事を見るかぎり、住人の家はすべて燃やされた。屋外での殺戮《さつりく》の痕跡《こんせき》は、豪雨に洗い流される。やがて巡査が島を訪ね、死体の山を見るだけだ。

船体の転回が終わった。舳先は果てしない海原を向いてしまった。申し開きをするならいましかない。それでもやはり声がだせない。呻《うめ》くことしかできない。

紗奈が佐和橋の頭頂部をわしづかみにし、床の上に引き倒した。仰向《あおむ》けに転がった佐和橋を、農作業服の群れが見下ろす。全員が刃物類をとりだした。斧《おの》や包丁、キリ、ノコギリ。身をかがめるや、みないっせいに刃《やいば》を振り下ろしてくる。キリが鼻のわきを貫いた。包丁が頰に突き刺さった。なかなか脳天を狙おうとしない。刃を引き抜くたび、鮮血ばかりか肉片が飛び散る。見下ろす女たちの顔にも赤い霧が噴きかかる。誰もひるまない。ただ冷酷に老人を切り刻んでいく。

もうなにもできない。複数の刃が佐和橋の肉や骨を粉砕しつづける。脳だけがまだ機能しつづける。永遠の地獄だ。佐和橋はもがいた。眼球のなかに滲入《しんにゅう》してくる血の赤みを認識した。

致命傷があたえられないまま、佐和橋は果てしない苦痛とともに、徐々に生命力を喪失していった。ただの死体に変わっていく、そんな自覚が頭の片隅にあった。いくつもの目に見守られながら、誰にも生を望まれない、本当の意味での孤独死だった。

24

有坂紗奈は懸野高校の制服を着て、夜の木更津に立っていた。ほかにひとけのない雑木林だった。笹舘と向かい合う。ゲンなる高齢のヤクザも笹舘と一緒にいた。地面には陽葵が横たわる。全身をガムテープで縛られているが、紗奈を目にし、上半身がわずかに跳ね起きた。また口をふさがれたため、呻き声しか発せずにいる。しばし紗奈を見つめると、陽葵はまた脱力し、ぐったりと寝そべった。気絶したようだ。

その隣に菅浦の死体が転がっている。流血の水たまりが陽葵にまで広がらないよう、微妙な傾斜の下手側に、紗奈は死体を倒しておいた。

笹舘が恐怖をあらわに後ずさった。尻のポケットから飛びだしナイフを引き抜く。ナイフを持つ手が震えていた。

「有坂」笹舘が目を剝《む》き、警戒心に満ちた声を絞りだした。「おめえ、有坂紗奈だよな」

ゲンは怯《おび》えた顔で吐き捨てた。「なにいってやがる！　んなわけねえだろ」

「俺は一年坊主とちがう」笹舘は必死の形相で声を張った。「井戸根の馬鹿は理解が浅かったみてえだが、俺はそうじゃねえ。死体からこいつのDNAはでちゃいねえ」

「……そりゃおめえ」ゲンは紗奈から目を離さないまま、笹舘にいった。「五百度で丸焼けになった死体からDNA型なんかでるかよ。よくニュースでもそういってただろが」

「刑事がほざいてた。クルマの焦げてねえ部品が散乱してたから、いろいろわかったって。DNAが付着してたのはそれらの部品だ。状況証拠から一家三人の死体だと、法律上認められたってだけだ」

「だからなんだってんだ!? ちゃんと報道された話じゃねえか。そりゃ法律上の認定死亡でなきゃ、葬式が何か月も遅れるわけねえだろ」ゲンはふとなにかに気づいた表情になった。「まさか佐和橋のじいさんが……」

「あのじいさんが何者か、さんざんきいただろ！　こうなることを心配してたんだよ！」

ゲンが茫然《ぼうぜん》としながら紗奈を眺めた。ようやく思いあたるふしがあったらしい。まじまじと紗奈を見つめるうち、誰の目なのか気づくに至ったようだ。ゲンはすくみあがる反応をしめした。

ひどく取り乱しながら、ゲンがワンボックスカーに駆けていった。「笹舘、そいつを引き留めとけ」

「んなこといってもよぉ」笹舘はナイフを腰の高さにかまえたまま、おろおろとゲンのほうに目を向けた。

それだけの隙が生じれば充分だった。紗奈は一気に踏みこむと、笹舘との距離を瞬時に詰めた。すでに紗奈の眼前に、笹舘のぎょっとした顔があった。

後ろに引いた足を浮かせ、前の足にのみ体重を乗せておくことで、地面を蹴《け》らず重心を進路に移動させる。瞬発的な突進のコツだった。あの島で変態や野獣に不意打ちをかけるうち、自然に備わった敏捷性《びんしょう》のひとつでもある。

ナイフを握った笹舘の手首をわきに弾《はじ》いた。紗奈のほうは正直、飛び道具など必要ではなかった。身体自体が強靭な武器になる。

たった数か月でこうまで変われるのか。愚鈍な大人たちはきっと疑問を抱く。島で人間狩りに明け暮れただけではない。ひとりだけで強くなれたのには〝秘密〟がある。死にゆくクズどもには永遠の謎になるだろう。まだ誰にも明かせない。

ふいに視界の端に、ワンボックスカーから飛びだした人影をとらえた。ゲンがこちらを向いている。背を丸めた姿勢から、猟銃をかまえているとわかった。

紗奈は後方に飛び退いた。笹舘も身を翻し、脱兎《だっと》のごとく逃げだした。ほぼ同時に猟銃が火を噴く。暗がりを赤く照らす閃光《せんこう》、銃声が轟《とどろ》いた。周りの木々から鳥がいっせいに飛び立った。

紗奈は闇のなかを走った。ゲンが追ってくる足音を背後にきいた。いたずらに逃走しているわけではない。飛び道具を持った馬鹿を、陽葵から遠ざけておきたかった。追跡者との距離が開きすぎないよう、速度を調整しながら雑木林を駆け抜けていく。背後の足音に金属音が交ざった。猟銃に弾を装塡《そうてん》したのがわかる。紗奈は足をとめ、ゲンを振りかえった。

走ってきたゲンが、息を弾ませながら立ちどまった。油断なく猟銃を水平にかまえ、紗奈を狙い澄ましている。

「へっ」ゲンが興奮した声を響かせた。「降参かよ」

引き金には遊びがある。引き絞るバネの音を紗奈は耳にした。銃口が火を噴く寸前、ダンスのアイソレーションの要領で、瞬時に上半身を大きく反らした。

散弾はたいして拡散しない。この距離なら直径五十センチていどにばら撒《ま》かれるだけだ。弾がかすめ飛ぶ風圧を鼻先に感じた。だが弾そのものはかすりもしなかった。

ゲンは凍りつく反応をしめした。仕留められず外したのが信じられないらしい。泡を食ったようすで薬莢《やっきょう》を放出し、新たな弾をこめる。そのあいだに紗奈は悠然とゲンに向け歩きだした。

距離が詰まりきる前に、ゲンが新たな弾を装塡し終えた。今度こそとばかりに猟銃をかまえてくる。銃身がまっすぐ紗奈に向けられる。

紗奈は夜目が利くようになっていた。注目しているのは銃口が正円を描くか否か、それだけだった。縦の直径が長い楕円《だえん》を描いていれば、弾は命中せず、かならず左右に逸《そ》れる。オーバルの縦横の対称軸を一瞬で見てとる。それだけで散弾がどの辺りにばら撒かれるかわかる。

また銃口が火を噴いた。銃声が轟くより早く、紗奈はサイドウォークのステップで、ふわりと横方向に移動した。散弾はまたも紗奈の頰をかすめ飛び、後方へと消えていった。

ゲンは激しくうろたえだした。震える手で猟銃を操作する。必死の形相で薬莢を捨て、次の弾をとりだしにかかる。紗奈はなおもゲンのもとに歩いていった。

距離が詰まる。あと数メートル。ゲンはなんとか弾の装塡を完了した。焦燥をあらわにし猟銃をかまえ直した。撃ち急いでいるが、もう目と鼻の先だ。ろくに狙いもせず、当たることに期待する。当然の心理だろう。

銃口は楕円、しかも横長だった。発射されれば紗奈の腹から下には当たってしまう。しかし引き金の遊びに生じる金属音を耳にした瞬間、紗奈は身体をひねりながら跳躍した。空中で水平になり、身体を急回転させるコークスクリューだった。銃声が鳴り響き、散弾は紗奈の下を通り過ぎていった。着地したとき、紗奈はゲンと間近に向き合った。

すかさず猟銃をわきに弾《はじ》き飛ばしたうえで、ゲンの首を両手で絞める。両親指で喉仏を深く押しこんだ。ゲンは悶絶《もんぜつ》し、白目を剝きながら、じたばたともがいた。脳に酸素が行かなくなるため、ゲンの筋肉に力は入らない。抵抗はさして生じなかった。

狭い範囲に限定し、局所的に力を加えれば、ダメージは大きくなる。本来は動物だったヒトにとって、爪の先が有効な武器になることを、紗奈は充分に理解していた。両親指の爪をゲンの喉元に食いこませ、皮膚を突き破り、気管を左右に引きちぎる。酒飲みのうえ高齢者であれば、簡単に裂けることも承知していた。ゲンはまさしくそれに該当した。若い男の喉を爪で切開するのは、貝の口ぐらい硬いが、ゲンは魚を開くのと変わらなかった。

喉の亀裂《きれつ》を両親指で最大限に広げる。ゲンは空を仰ぎ、断末魔の絶叫を発した。薄汚い肉や血管、神経が剝きだしになる。

紗奈は垂直に跳びあがった。右のこぶしを固め、ゲンの鼻っ柱めがけ、まっすぐ打ち下ろした。ただ殴っただけではない。重力を利用し、両目のあいだの凹《くぼ》みを狙った。ここがいちばん砕きやすいからだ。ゲンの顔面は大きく陥没し、目の隙間や鼻孔から、脳みそが飛び散った。頭骨の折れた断片も皮膚を突き破り露出する。

ゲンはもうただの貧弱な肉塊と化していた。顔を失った姿のまま、仰向《あおむ》けに倒れていき、大の字に横たわった。

斜め後方で笹舘が狼狽《ろうばい》の声を漏らした。紗奈は敏感にききつけ、ゆっくりと振りかえった。

笹舘は腰が退《ひ》けた姿勢ながら、リボルバー式拳銃を両手でかまえていた。クルマから持ちだしてきたらしい。ひたすら怯えきり、絶望に満ちた目が紗奈をとらえる。

紗奈は脚を交差させ、ツーステップで踊りながら、徐々に笹舘に近づいていった。

「やめろ」笹舘が泣き声を発した。「来るな」

短い銃身が絶えず震えている。拳銃なら島でも見た。引き金を引こうとすれば、左右の肩肘が同時に張る。紗奈はその瞬間をまち、銃口が縦長の楕円に見える位置に、サイドステップで避けた。銃火とともに銃声が轟く。弾は難なくわきに逸れた。

焦燥をあらわにした笹舘が、叫びながら拳銃を乱射しだした。撃鉄を起こさず射撃するせいで、銃身がブレまくる。発砲のたび、紗奈は首や胸のアイソレーションにより、銃口が楕円になる位置に身体を捻《ひね》った。たったそれだけで一発も当たりはしなかった。

距離が詰まるとともに、紗奈はブレイクダンスのパワームーブに転じていき、腕や脚を強く振った。笹舘に接近すると、その勢いのまま、拳銃を握った腕に強く手刀を浴びせた。骨が折れる手応《てごた》えがあった。笹舘が腹の底から絶叫した。落下した拳銃を、紗奈は蹴って遠ざけた。

女子高生を侮る大人は、最近のK‐POPダンスを知らない。筋肉と反射神経、動作の速度。いずれも国際大会のアスリートに匹敵する下地ができている。紗奈はさらに島での実戦を通じ、徹底的に肉体を鍛えあげた。五感と野性の勘も研ぎ澄まされた。紗奈は跳躍し、笹舘に蹴りを食らわせた。靴の爪先《つまさき》は笹舘の顎《あご》を突きあげた。笹舘の身体はもんどりうち、腹這《はらば》いに地面に叩《たた》きつけられた。

死の舞い。末期の島民たちはそう呼んで紗奈を恐れた。紗奈は息ひとつ乱れていなかった。足もとに横たわる笹舘を黙って見下ろす。

笹舘は地面に突っ伏したまま、いっこうに立ちあがれずにいる。やっとのことで上半身だけを反らし、泥と鼻血にまみれた顔で紗奈を仰いだ。

「畜生」笹舘はわめきだした。「冗談のわからねえ女だ。ハイになるのがそんなに悪いのかよ。おめえもハイになれただろが。ほかにもやってる奴らがいるだろ。なんで俺たちだけなんだよ！　更生だのなんだの、つまらねえことといってくる大人こそ殺せよ！　大金持ちで物わかりのいい親のもとに生まれてりゃ、こんなふうにならねえんだよ！」

泣きごとが耳に届くものの、心には響かなかった。こういう男は、年齢が何歳だろうが、ただの下等生物でしかない。最初から良心が欠如した、社会の諸悪の根源だ。こいつらが生きていると、なんの罪もない少女が、この先も不幸に見舞われる。

紗奈は左の人差し指と中指を伸ばし、笹舘の両目にそっと当てた。

「おい」笹舘は激しく動揺したが、もはや顔を背けることもできないらしい。「よせ。よしてくれよ。やめろってんだよ。よせよせ、よせ！」

右のてのひらで、左手の甲を強く打った。紗奈の二本指は笹舘の眼球を貫いた。深々と突き刺さった指先が、また脳にまで達した感触がある。

ふいに静かになった。笹舘が脱力しきった。紗奈の二本指のみに支えられ、死体がかろうじて起きあがった状態を保つ。指を手前に抜き、紗奈は左手をひっこめた。死体はばったりとつんのめった。騒がしかった下等生物がまた一匹、この世から消えた。

死体の尻《しり》のポケットが膨らんでいる。まさぐってみるとウェットティッシュがあった。気が利いている。紗奈は指先をぬぐった。ウェットティッシュをその場に捨て、ゆっくりと友達のもとに引きかえした。

25

陽葵は頰を撫《な》でていく微風を感じた。うたた寝しているような感覚がある。

ふと妙に思えてくる。自分の部屋で寝るときには、いつも窓を閉める。風が吹きこんでくるはずがない。

ぼんやりと目が開いた。雲の切れ間に星空が見てとれる。暗がりのなか、仰向けに寝ていたとわかる。揺れる木立が視野を縁取る。雑木林にいるようだ。いつからこんなふうに横たわっていたのだろう。

顔を傾けた。すぐわきに懸野高校の女子生徒が、足を崩し座っている。夜というのに、ピクニックにでも来たかのような、自然で物静かな居住まいだった。うつむいているせいで、前髪が目もとを覆う。長い黒髪が微風にそよぐ。誰だろう。瘦身《そうしん》で小顔。暗がりでもわかるほど、白く透き通った肌……。

手にしているのはフルートだった。紗奈の遺品だとわかる。瑛里華はフルートを吹いていた。小鳥がさえずるような柔らかい音《ね》いろ。かつて紗奈が奏でたとおりの調べ。

はっと息を呑《の》んだ。たちまち記憶が戻ってきた。陽葵は上半身を起こした。

女子生徒が顔をあげた。澄んだまなざしが陽葵を見つめてくる。陽葵は驚愕《きょうがく》し、めまいすらおぼえた。懸野高校の制服を着ているものの、目の前にいるのは江崎瑛里華だった。

瑛里華はフルートを膝《ひざ》の上に置くと、スマホを差しだしてきた。陽葵は茫然《ぼうぜん》と受けとった。自分のスマホだと気づく。瑛里華が無言のうちにうながしてきた。通報するよう示唆している。

震える手でスマホを操作した。一一〇番にかける。大人の声がきいてきた。「事件ですか事故ですか」

言葉が思うようにでてこない。陽葵は喉《のど》に絡む声を絞りだした。「助けてください」

「もしもし。なにがあったんですか。いまどこですか」

スマホを持つ手が、なぜか力なく膝に落ちる。警察が来ることを切望してはいない。誰よりも会いたかった存在がここにいる。邪魔されたくないとさえ思う。

陽葵の親指はスマホの画面をタップした。通話が切れた。もう位置情報は伝わっただろう。あとでまたかけ直せばいい。

周囲の暗がりに目が向く。ワンボックスカーは近くに停まっていた。経緯を思いだした。三人の男たちに攫《さら》われた。ガムテープでミイラにされたはずが、いまは解き放たれている。手足が自由になっていた。近くでひとり死んだのに、死体が消えている。残るふたりの姿もどこにもない。

不安がこみあげてきた。陽葵はきいた。「あの人たちは……?」

「いいから」瑛里華がささやいた。

前にもきいた言葉だと陽葵は思った。学校の体育館で耳にした。やさしく語りかける、気遣いに満ちた物言い。落ち着いた声。なにもかも変わらない。

陽葵は衝撃に震えた。「紗奈……。紗奈だよね!?」

ふしぎだった。顔はあきらかに異なる。なのに暗がりに浮かぶ表情は紗奈そのものに見える。陽葵に向けられたまなざし、目を瞬《しばたた》かせるしぐさ、近すぎず遠すぎずの距離感。なにより瑛里華は否定しない。紗奈と呼ばれたことを。

じっとしてはいられなかった。陽葵は紗奈に抱きついた。「紗奈！　会いたかったよ。紗奈」

なんの戸惑いも感じさせず、紗奈の手がそっと陽葵の頭を撫でた。もうすべては確信に変わった。紗奈だ。なにがどうなっているのかはわからない。理屈はまったく不明だ。思考がついていかなかった。幽霊か甦《よみがえ》りか。あの世を意識せずとも、この世だけでも充分に奇跡だ。不可解なことはありうる。現にいま紗奈とともにいる。

紗奈が耳もとでささやいた。「また会えて嬉《うれ》しい。陽葵」

陽葵はこみあげる悲哀と喜びの感情を抑えきれなかった。視界がさかんにぼやけ、おぼろな光が乱れて仕方がない。気づけば声をあげ泣きじゃくっていた。陽葵は紗奈を抱きしめた。「帰ってきてくれるなんて。ああ、もうどこへも行かないで」

すると紗奈が陽葵の肩に手をかけた。わずかに紗奈が身を退かせ、陽葵と向きあう。いまや別人の顔になった紗奈が、かすかに当惑のいろをのぞかせる。

「元気でね」紗奈がささやいた。

別離のひとことに思える。陽葵は激しく動揺した。首を横に振り、陽葵は強くうったえた。「嫌。ずっと一緒にいて」

「ぜんぶ元どおりというわけにはいかないの。お母さんもお父さんもこの世にいないし。わたしもこんな見た目だし」

「……綺麗《きれい》じゃん。羨《うらや》ましいぐらいに」

端整で美麗な、紗奈の人形のような顔に、いまは翳《かげ》がさしている。「陽葵。もう学校に辛《つら》いことはない。これからは希望に満ちた日々がまってる。ダンスの練習、頑張ってね。紬や芽依にもよろしく伝えて。結菜や穂乃香にも」

「なんでそんなことというの。行かないでってば」

「ねえ、陽葵」紗奈が静かにささやいた。「わたし、まちがってなかったよね？　暴力を振るったり、威張ったりするのがいて、学校に通うのが苦しみになるのなら……。締めだしちゃえばいい。大人がなにもしてくれなくても、自分から拒絶すればいい」

胸が締めつけられる。紗奈はそのようにした結果、悲惨な目に遭い、命まで落としてしまった。けれども紗奈は帰ってきた。傍若無人な不良グループ、その脅威がひとりずつ排除されていった。

心残りなのは、紗奈がかつてと同じ姿でいられないこと、そこに尽きる。理由はやはりわからない。それでも紗奈の人生が狂わされたのはたしかだ。陽葵たちのために、紗奈は犠牲になってしまった。

「紗奈」陽葵は泣きながらいった。「紗奈はいつでも正しかった。いまも正しいよ。でも悲しいし悔しい。なんで紗奈が元どおりじゃいられないの？」

「そんなふうに思わないで。会えなくても、わたしはいつでも近くにいるから」

「また会いたい。紗奈としてじゃなく、江崎瑛里華さんでいいから。消えちゃったりしないで。まだ天国に昇らないで」

するとと紗奈は寂しげな微笑を浮かべた。「天国には行かない」

どういう意味だろう。陽葵が言葉に詰まったとき、冷たいものが顔に当たった。夜空を仰いだ。

星空は見えなくなっていた。黒々とした雨雲が、低く垂れこめつつある。遠くから雨音が静かに迫ってくる。雨粒がさかんに落ちだし、やがて本降りになった。シャワーに似た降雨が辺り一帯を濡《ぬ》らす。陽葵と紗奈も例外ではなかった。

紗奈の前髪に雫《しずく》が滴る。つぶやきのような声を漏らした。「降るのはわかってた」

「オバケだから……?」

「ちがうよ」紗奈は苦笑を浮かべた。「天気予報」

幽霊なのに天気予報をチェックするのだろうか。陽葵が疑問に思ったとき、紗奈が腰を浮かせた。

とっさに陽葵は紗奈の腕をつかんだ。引き留めなければ、紗奈はどこかへ行ってしまう。いまはその思いしかなかった。

降りしきる雨のなか、紗奈の憂愁に満ちたまなざしが、陽葵をとらえる。胸のうちを削られるような思いとともに、陽葵は紗奈を見かえした。

サイレンが耳に届く。さっきの一一〇番通報のせいだろう。警察が位置情報を把握したらしい。ほどなくパトカーが駆けつける。紗奈がここにいるわけにはいかない。

陽葵は心からいった。「ありがとう、紗奈」

紗奈の悲しげな面持ちに、いまようやく微笑が戻った。もういちど陽葵を抱き締め、紗奈は立ちあがった。どこか名残惜しそうに歩き去る。

雨足のなかに、うっすらと消えていく紗奈の背を、陽葵は黙って見送った。ほどなくエンジン音が轟《とどろ》いた。木々の向こうを、バイクの赤いテールランプが、見え隠れしながら遠ざかる。

エンジン音がフェードアウトし、サイレンがとって代わった。陽葵は雨のなか座りこんでいた。残されたフルートを拾いあげる。

ダンスの練習で喜びを分かち合い、紗奈を抱き締めたときの感触。そのままの温《ぬく》もりが全身に残る。まちがいなく紗奈だった。幻などではない。きっとまた会える。

26

須藤は四十一歳にして、まだ巡査部長だった。同僚の多くは出世している。詰めが甘いせいだと妻にもよくいわれる。自覚もある。いまもその最たるものかもしれない。

覆面パトカーに乗るのは須藤ひとりだった。午後から豪雨の予報があったため、この霊園の駐車場に繰りだしてきた。勘は当たったようだ。須藤はドアを開け、車外に降り立った。

雨の日はいつもそうだが、昼間にもかかわらず、夕方のような暗さになる。平日のため駐車場は閑散としていた。なにもかも灰いろに沈んでいる。周りは丹沢《たんざわ》山塊で民家は見えない。近くに擁壁があり、階段を上っていくと、墓地につながっている。

傘はささなかった。レインコートも持ってきていない。須藤はスーツがずぶ濡れになるのにまかせ、ゆっくりと階段に向かった。いまさら駆け上る気にはなれない。

階段を上りきる。靄《もや》のなかに霊園がひろがっていた。無数の墓石が激しい雨に打たれる。たったひとつ淡いいろを帯びる物がある。静止したベージュの傘だった。傘はかなり低く位置している。身をかがめているからだ。

芳西高校の制服。長い腕が伸び、墓に花を供える。線香には傘の下で火をつけた。雨に濡れても煙は立ち昇りつづける。

江崎瑛里華。芳西高校の生徒リストにそんな名はない。どこの誰かもわからない十代の少女。ユーチューブ動画はすでに発見していた。ようやく実際に姿を目にした。

瑛里華が手を合わせているのは、有坂家の墓だった。両親と娘の紗奈、三人の魂が眠っている。

須藤は遠くから瑛里華を眺めつづけた。先週のできごとを思いだす。木更津署から一報が入った夜。やはりこんな土砂降りの雨だった。

雑木林の奥深くで、懸野高校の女子生徒、中澤陽葵が保護された。彼女が誘拐されたのは、母親からの通報により、川崎署も承知済みだった。

笹舘と菅浦の死体が見つかった。年配ながら下っ端の暴力団員、紀陸巌《きりくいわお》、通称ゲンも息絶えていた。

現場に駆けつけたものの、須藤はなにもできなかった。緊急配備は木更津署の仕事だった。中澤陽葵の誘拐にともなう、川崎署管内の警戒態勢は、もう緩和してかまわない。須藤は係長にそう進言した。ほどなくそのとおりの判断が下った。

大勢の捜査員を動員したところで意味がない。不良グループのリーダーと、その後ろ盾の暴力団員までが死んだ。懸野高校から脅威は去った。なにもかも終わった。

木更津の現場も豪雨に打たれ、痕跡《こんせき》は洗い流された。ワンボックスカー内から見つかった指紋は、ゲンと笹舘、菅浦のみ。採取できた汗や皮膚片も、人質の中澤陽葵を含む、四人の物に限られた。予想どおり徒労に終わった。

雨が激しく降ればこそ、有坂家の墓参りに、江崎瑛里華が現れる。須藤はそう確信していた。覆面パトで張りこむうち、女子高生が階段を上っていく、その姿を目にした。

いま彼女は墓参りをしている。瑛里華が立ち去ったのち、墓前に供えられた物を調べても、やはり豪雨がDNA型を洗い流したあとだ。なにも判明しないだろう。だが警察官としては任意の事情聴取が可能になる。瑛里華に声をかけ、協力を求めることはできる。

こうと決めた結論があるわけではない。どんな行動をとるべきか、その場に行けば自然にさだまる、そんなふうに思っていた。須藤は判断を先送りしてきた。けれどもいまに至り、頭にはなにも浮かばなかった。突き詰めて考える気も起きない。幽霊などいるはずはない。現実のみに目を向けるべきだ。有坂さん一家殺害の実行犯グループ、全員死亡。報道された情報もそれだけだった。警察はマスコミに冷静な報道を求めたが、ネット上では祟《たた》りとの噂がひろがっている。ただしユーチューバーのEEと結びつける声はない。江崎瑛里華とじかに会った者はかぎられる。

このところ性犯罪や殺人の件数は激減した。暴力行為について自首する男までが、ちらほら現れるようになった。一時的な影響かもしれないが、これまで警察がいかに抑止力になっていなかったか、あらためて身につまされる。墓地のなかに見える傘が上がった。瑛里華が立ったらしい。墓参りは間もなく終わるのだろう。

ぎりぎりまで迷いつづけた。やがてため息が漏れた。須藤の足は下り階段に向かった。

階段を下りながら、内ポケットから一枚の紙をとりだす。それを開いた。鑑識からの報告書の一部だった。

赤線を引いた箇所に、唯一の疑問点が記されている。吹奏楽部の準備室から採取された、故・有坂紗奈の皮膚片のDNA型。ごく微量ではあるが、生前のものにしては、保存状態がよすぎるように思われる。そんな内容だった。

駐車場に戻った。階段を下りきったところにゴミ箱があった。須藤は紙を畳み、ゴミ箱に放りこんだ。

降りしきる雨のなか、ひとり覆面パトカーへと向かう。捜査本部は被疑者を特定できないまま、じきに解散になるだろう。警察は死人を逮捕できない。暴力が溢《あふ》れる社会は大人の責任だ。若くしてこの世を去った、不幸な少女を罰する権利など、大人にあるはずがない。

27

八十一人の島民はなぜ死んだか——冨米野島事件が迷宮入りへ

（令和四年八月十八日　讀賈新聞朝刊）

限界集落でもある沖縄県の離島、冨米野島で起きた凄惨な事件は、瞬く間に世界的なニュースとなった。

冨米野島の島民八十一人、全員が死亡。大半の家屋は火災により焼失。この島には定期航路がなく、駐在所や診療所も閉鎖状態にあった。消防署もなく、火事への対応は島民の消防団がおこなう。半年にいちど、警察官と電力会社社員、水道会社社員が船で訪ねるのみ。そんな隔離状態にあった島で、いったいなにが起きたのか。

六十四世帯、島民の四十七人が六十五歳以上。離島の限界集落としてはめずらしいほうではない。人口二十人以下の離島も全国に多々ある。

ただ冨米野島が異質なのは、島外との交流が皆無に等しいことだ。沖縄本島や、ほかの離島からも遠く、それなりに航続距離の長い船でないと到達できない。一方で島内にゲストハウスや商業施設もない。このため物好きなバックパッカーですら訪ねたがらない。

無人で稼働する小さな発電所と、雨水を濾過する浄水施設。ほかに行政が設けた建物はなかった。島民の生活を支えるのは漁業だったが、暮らしの形態は自給自足であり、魚を島外に卸すなどの経済活動はみられない。年金受給者は船で別の島の役場に赴き、現金の給付を受けることが多く、日用品の購入もそのときにおこなわれてきた。冨米野島は宅配便各社の対象区域外でもある。郵便すら、沖縄本島から近い別の島の局留めになっていて、ときどき島民が回収に来るにすぎない。

いわば断絶状態に近い限界集落のひとつだが、令和の世においても、こういう離島はけっして稀ではない。大分県の井ノ尾島、島根県の紀陸島など、あらゆる面で孤立した島が少なからず存在する。

悲劇の第一発見者は、八月上旬に島を定期訪問した警察官だった。ひとりとして生存者のいない島内には、異様なにおいが立ちこめていたという。報道各社は大挙して冨米野島に押し寄せたが、沖縄県警が現場検証を進めるため、民間人の上陸を禁止。ヘリによる上空からの撮影すら許可制になった。このため取材陣の乗る船舶は、島の周囲をめぐるだけで、なんら詳細な情報を得られなかった。

冨米野島には財産や資源と呼べる物もなく、大規模な窃盗被害の痕跡もみられなかったと発表されている。このため島民どうしの引き起こしたパニックが原因ではないかとささやかれだした。高齢者が多かった事実を考慮し、島内抗争の類いではなく、集団自決に近い事態ではないかとみる専門家もいた。

国連の特別調査委員会のメンバーとして、島への立ち入りを例外的に認められたエンゾ・バラデュール医学博士は、二〇〇〇年三月十七日にウガンダで九百二十四人が死亡した、〝神の十戒復古運動〟事件に近いと所感を述べた。宗教団体〝神の十戒復古運動〟は、終末論と聖母の出現を唱え、集団死のため宴が催された。ところが自殺の形跡のみならず、他殺体も多く発見されている。このため集団のなかに、自死を望まない者がいたとしても、多数の意思が優先されたと考えられる。冨米野島でも猟銃で撃たれたり、刃物で刺殺されたりした遺体が確認された。

日本政府は、行政の目が行き届かなかったことに遺憾の意を表明、限界集落で発生した痛ましい事件とし、実態の解明に全力を挙げると発表した。だが原因の究明は困難とする声も多い。ウガンダ政府も〝神の十戒復古運動〟事件に関し、真実は突きとめられないとして調査を断念している。

事件の異様さから、国際的な関心を集める一方、近隣の島に住む人々は覚めた視線を向けている。

冨米野島から約十七キロメートル、志和島の住民は本紙の取材に対し、このように答えている。「冨米野島ね。あそこはどうしようもないヤクザもんが流浪の末、最後に行き着く島だよ。でも逃亡犯とか、指名手配犯が逃げこんだりはしない。とても閉鎖的な集落しかないから、よそもんがなじめる環境じゃない」

昭和四十年代、冨米野島には六百人余りの島民が暮らし、志和島との定期航路もあった。しかし不便さから徐々に人口が減少していき、駐在所まで閉鎖になると、移住者のひとり暮らしが増えた。ほかの島で面倒を起こしたうえ、身寄りもない者ばかりが周りとの接触を断ち、自給自足による最低限の生活の舞台として、冨米野島を選んだのだという。

とはいえ荒くれ者の漁師がほとんどだったため、島内の倫理観は非常に低かったらしい。闘鶏による賭博が唯一の娯楽、泡盛の密造が公然とおこなわれ、所持許可更新手続きを怠った猟銃が島じゅうにあふれる。米軍基地から流出した拳銃と弾も、のちに警察により発見されている。車検の期限を過ぎた軽トラックを足代わりとし、沖縄県漁業調整規則も破り放題だったと伝えられる。

なかでも不名誉なうわさは、各地の暴力団による人身売買の顧客となっていたとする、平成十八年の沖縄県議会での告発内容だろう。家出少女への売春行為強要、もしくはそれを需要目的とした人身売買は平成十五年時点、全国で千七百十八件を数える。冨米野島のような無法地帯は、暴力団員がシノギのため十代の少女を売る、絶好の市場になりえたとされる。

テレビ各局のニュース番組は言葉の使用を控えていたが、冨米野島は別名〝輪姦島〟とも呼ばれていた。島民が買春に明け暮れているとのうわさが、周辺の島々でささやかれてきた。これを受け沖縄県警は二回、島内の徹底捜索をおこなったが、無許可の猟銃や車検切れの軽トラックなどが押収されたにすぎなかった。

悪いうわさがどこまで事実だったか、島民がみな死亡してしまった現在では知るよしもない。県警の発表によれば、若い女性とみられる遺体は、島内で発見されていないという。だが「島民は旬を過ぎた売春婦を処分するときいたことがある。処分ってのがどんな意味を持つかは知らない（志和島住民）」という声もあり、すべてがうわさにすぎなかったときめつけることはできない。

島内にはブロードバンド普及前の旧態依然としたインターネット環境しかなく、利用者もごくわずかだったという。事件が発生したと目される六月前後のネット接続は確認されていない。電話は引かれていたが、惨劇の進行中にも一一〇番通報はなかった。島民には法に抵触する後ろめたい点が多々あり、「警察を頼るという考えは最初からなかったのではないか（県警関係者）」との意見もきかれる。

八十一人の営みが人知れず消えた。焼失した家屋が多く、また事件発覚前に島全体が何度となく嵐に見舞われ、指紋などの検出も絶望的だという。ウガンダと同じく、真相は迷宮入りとなる公算が大きいともいわれる。県は富米野島の今後について未定としており、「追究にかかる調査費用の捻出も難しい（県議会議員秘書）」としている。

28

晴れた日の午後、多摩川見晴らし公園から望む川面《かわも》に、鮮明な陽射しが撥《は》ねている。川沿いのマンションの外壁に、ぼんやりと光の波紋が揺らいでいた。

子供たちが戯れに駆けまわる河川敷、芝生の斜面に、懸野高校の男子生徒が座っている。膝《ひざ》の上に画板を抱えていた。傍らに画材はない。絵を描いているわけではなさそうだ。

そっと歩み寄り、背後に立って見下ろす。画板に挟まっているのは、江崎瑛里華の絵だった。以前に見たときには描きかけだった。いまは完成している。制服に生じる明暗の落差まで、写真のように美しく再現されていた。

紗奈はつぶやいた。「本当にじょうず」

びくっとした植村和真が、振りかえりながら見上げる。少年っぽい素朴な童顔に、驚きのいろがひろがる。「江崎さん！」

きょう紗奈は芳西高校の制服を着ている。植村の隣に腰を下ろした。「会えるかと思って来てみたら、やっぱりいてくれた」

声が掠《かす》れているのを自覚する。島民を襲うたび獣のように咆哮《ほうこう》した。それが自然な行為だった。気づけば喉が潰れていた。そのせいで声質は以前と変わっていた。

植村は茫然《ぼうぜん》と紗奈を眺めていたが、ほどなく微笑を浮かべた。「絵ができあがったよ。プレゼントしたくて」

目鼻立ちは自分の姿には思えない。作りものの顔だった。けれどもこの絵からは、以前の紗奈の面影が透けて見える。おそらく植村は気づいている。江崎瑛里華の素性について。

「ありがとう」紗奈はささやきを漏らした。「でもあなたが持っていてほしい」

「……僕はまた描けるよ」

それはちがうと紗奈は思った。この河川敷で、植村が筆をとったときの紗奈、当時のままの心情が描かれている。紗奈だけではない、植村の心も絵のなかにある。瑛里華が紗奈であってほしい、そんな植村の願いが、丁寧な描写に反映されている。もう植村は真実を悟った。この絵はふたたび描けない。

紗奈はスマホをとりだした。カメラ機能に切り替え、絵を撮影する。「わたしの思い出は、ちゃんと持ち帰るから」

「……スマホが契約できてるの?」

「どういう意味?」

「だってきみは……」

「オバケだって?」

「いや、あのう」植村はしどろもどろになった。「そういうわけじゃないけど……」

地面に置かれた植村の手を、紗奈はそっと握った。「オバケだと思う?」

植村が目を泳がせた。戸惑いをしめしながらも、軽く握りかえしてくる。黙って首を横に振った。

すべてを見透かしているかと思ったが、どうやらそうではないようだ。やはりまだ半信半疑なのだろう。超常現象や幽霊の可能性を排除できないらしい。陽葵と同じだった。そんな友達がどこか可愛らしく思える。どこにでもいる高一だったころの紗奈なら、すんなりと共感できたかもしれない。

幽霊は生活に困っていない。スマホも契約できている。あの島の住人の身分証が山ほどあったからだ。保証人の名義にして部屋を借りられたし、銀行口座を作り、ユーチューブ動画を収益化した。高校の勉強も独学で継続している。

それでもときおり人恋しくもなる。だからこうして冥界《めいかい》から下界に降りてくる。植村のように心優しい男子生徒と並び、静かに多摩川を見つめる。死ぬ前はたしかにこんな時間を送れた。女子高生の自由がどれだけ貴重だったか、いまになってよくわかる。

「有坂さん」植村がじっと見つめてきた。「きみ、有坂さんだろ?」

紗奈は無言で植村を見かえした。ほろ苦い喜びに、どこか空虚な思いが織り交ざる。滲《にじ》みだそうとする涙を堪《こら》え、紗奈は微笑してみせた。「気づいてくれて嬉《うれ》しい」

自分からいいだすのではなく、植村のほうからそう呼んでほしかった。すなおにそう願っていた。紗奈はゆっくりと立ちあがった。

植村があわてたように腰を浮かせた。「まった。中澤さんにも頼まれたんだよ。会ったら連絡してくれって」

知っている。動画のコメント欄にも、陽葵たちとおぼしき書きこみが毎日ある。

紗奈が沈黙するうち、植村の表情が変わっていった。感慨深げなような、なにかを悟ったような、複雑な面持ちがある。その心境は手にとるように理解できる。

もうふつうの高校生としては生きられない。ふたりの距離は縮まらない。植村にしてみれば、いま紗奈を追いかけたところで、以前のつづきはありえない。

いつしか夏は盛りを過ぎている。青い氷のような空気が、やさしく頬を撫《な》でていく。河川敷を駆け抜ける涼風が、斜面を覆う緑に、濃淡のさざ波をつくりだす。

鉄橋を静かに電車が通過する。物音はそれだけだった。紗奈は植村に背を向けた。追ってくる足音はなかった。

それでも植村の声が呼びかけた。「有坂さん！　また絵を描かせてほしい」

紗奈は振りかえった。河川敷にたたずむ植村が、切実な目を向けてくる。多様な感情が胸の奥に去来する。紗奈はうなずいた。植村がほっとしたように微笑した。

ふたたび踵《きびす》をかえす。紗奈は土手を上り、川沿いの小径《こみち》を歩いた。重みのない透明な光が、道端の色彩豊かな花を輝かせる。ランドセルを背負った女の子がふたり、はしゃぎながら駆けていった。笑顔で談笑しあう女子高生の群れともすれちがう。

もう少し幽霊のままでいよう。紗奈はそう思った。幸せのいくつかを壊さないために。

警察庁の統計によれば、強制わいせつの認知件数は平成二十二年から、強姦《ごうかん》の認知件数は平成二十四年から増加しつづけている。

内閣府が平成二十三年に実施した「男女間における暴力に関する調査」では、性交を強制された被害経験を有する女性は、七・七パーセント。うち「中学卒業から十九歳まで」が二十・一パーセントにのぼる。「中学生」は五・二パーセント、「小学生以下」が十三・四パーセントである。

性暴力の全被害女性のうち「誰にも相談しなかった（できなかった）」は六十七・九パーセントにのぼる。

解説　——新たなる武闘派ヒロインの誕生

村上貴史（書評家）

■JK

この上なく鋭利だ。
余分なものを削《そ》ぎ落とし、研ぎ澄まされている。
この『JK』は、そんなエンターテインメントなのだ。
悪があり、悪を倒す者がいる。
直線的で、疾走感がある。
さらにサプライズもあり、重みと苦味もある。
いいじゃないか、とても。

■高校生たち――紗奈、笹舘、瑛里華

神奈川県川崎市の懸野高校。

そこには、人々に慕われる一年生の女子がいた。

有坂紗奈。

ダンスサークルの中心的存在であり、吹奏楽部ではフルートで聴く者を魅了する。アルバイト先の介護施設でも、掛け持ちしているコンビニエンスストアでも人気者だ。彼女はさらに、校内で不良に絡まれている同学年の生徒にも救いの手を伸ばす強さを備えている。その一方で紗奈は、実は、鬱病《うつびょう》の母を抱えていた。バイトの掛け持ちも家計を助けるためなのだが、彼女は苦労を一切見せず、高校生活を送っていた。

そんな紗奈と両親を、同じ学校の同級生や上級生たちが襲った。高校生とはいえ、川崎のヤクザの配下にある凶悪な連中が、暴虐の限りを尽くしたのだ。笹舘麹をリーダーとする彼等は紗奈の父親を笑いながら殺し、さらに母親を殺すと脅して紗奈を繰り返し陵辱した。男子高校生たちはその後、母親も殺したうえで、ヤクザに後始末を依頼する。両親の死体と、瀕死《ひんし》ながらもまだ息のあった紗奈を、事件が発覚しないように処分して欲しいと頼んだのだ。依頼を受けたヤクザは、死体の処分屋を使って、三人まとめて逗子の山中で焼いてしまうことにする……。

とことん強烈な導入部である。著者は一切の容赦なしに高校一年生の紗奈を痛めつける。それだけでも十分にインパクトが強いのだが、残虐な行為を重ねるのが、紗奈と同世代の男子高校生たちであることも、絶望感をつのらせる。正直いってこのシーンを読むと、心は負の感情に囚《とら》われてしまう。だが同時に思うのだ、この物語は、ここからどう進むのだろうか、と。

笹舘たちのグループは犯行への関与を疑われるものの、警察や学校によってその行動が制約されることはなく、悪行を続ける。そんな彼等の前に、一人の少女が姿を現した。高校一年生の江崎瑛里華だ。圧倒的な戦闘力を備えた彼女の登場によって、笹舘たちのグループは大きな影響を受けることになる。どんな影響かは本書でたっぷりと味わって戴《いただ》くとして、彼女が、その力によって本書をグイグイと牽引《けんいん》していくことを、まずここに明記しておこう。

もうひとつ明記しておきたいのは、彼女がその力を身につけるに至った経緯が本書できちんと描かれている点だ。それは不良の笹舘たちについても同様で、彼等の過去も掘り下げられている。つまり、瑛里華も不良たちも、〝類い希《まれ》な戦闘力を持つヒロイン〟もしくは〝悪も悪、絶対悪としての不良〟として、ストーリーの都合上の要請によって完成形で登場するのではなく、物語のなかでそうした人物に育っているのだ（例えば、笹舘たちについていえば、松岡圭祐《まつおかけいすけ》は、彼等の親の姿を読者に示し、彼等を悪の道に引きずり込む川崎という土地の罠《わな》を描き、彼等が悪人として育ってしまった経緯を伝えている）。そうやって過去を含めて描いた人物たちが物語を動かしているが故に、そこには説得力と深みが生まれる。一歩間違えば、自分も〝そちら側〟の道を歩んでいたかもしれないという恐怖心さえ生々しく感じさせるのだ。なんと巧みな書き手であることか。

冒頭の事件で強烈に読者をひきつけ、その後、瑛里華が繰り広げる戦闘シーンを連ねて爆走する本書だが、終盤にはしっかりとサプライズも用意されている。それによって、様々な疑問が納得に至るのだ。ありがたい読書体験である。しかも、その一連の種明かしが、これまた熱い疾走感のなかで語られるのだ。そこで示される真実は、必ずしも幸せな要素ばかりではないが、それでも前向きなエネルギーは確かに伝わってくる。それが救いだ。

トップギアのまま、減速することなく種明かしを経て味わい深いラストシーン（詳述は避ける）に到達する『JK』。最初のページを開いたが最後、読書中も、そして読後も、高い満足感を得られる極上のバイオレント・エンターテインメントだ。

■ヒロインたち――美由紀、玲奈、結衣、瑛里華

松岡圭祐はこれまでに多くのヒロインを世に送り出してきた。『千里眼』（一九九九年）に始まる《千里眼》シリーズの岬美由紀《みさきみゆき》は、元航空自衛隊で戦闘機のパイロットという経歴の持ち主で、臨床心理士として相手の表情から考えていることを見抜く才能も持つ（〝千里眼〟と呼ばれる所以《ゆえん》だ）。『探偵の探偵』（二〇一四年）に始まる同名のシリーズでは、物憂げな美貌《びぼう》の紗崎玲奈《さざきれな》がヒロインだ。彼女は探偵学校で叩《たた》き込まれた能力を活かして危機を乗り越え、事件を解決に導いていく。

そんな闘うヒロインたちのなかで、『JK』の読者に特に注目していただきたいのが、優莉結衣《ゆうりゆい》だ。《高校事変》シリーズのヒロインである彼女は、川崎市武蔵小杉高《むさしこすぎ》校の二年生として『高校事変』（一九年）に登場した。本書の紗奈や瑛里華と一学年違いであり、高校も同じ川崎の学校という結衣は、幼いころから過酷な時間を過ごしてきた。父親の優莉匡太《きょうた》は七つの半グレ集団を率いてきた男で、銀座《ぎんざ》のデパートでサリンを散布して十八人を殺し、七千人以上の被害者を出すという事件などを起こし、

死刑でこの世を去った。匡太は複数の女性と奔放に交際を重ね、何人もの子をなしており、結衣もその一人だ。彼女は他の子供たちと共に、父親や半グレたちのもとで凶悪犯罪を遂行するためのノウハウを叩き込まれて育った。なので、高二女子とはいえ、その戦闘能力は異様に高い。拳銃《けんじゅう》でさえ自在に操るのである。彼女はその能力を活かして闘う。例えば、首相を人質に高校に立てこもった武装集団などを相手に。

実のところ松岡圭祐は、こうした〝武闘派ヒロイン〟以外のヒロインやヒーローたちも生み出している。例えば、人が死なないミステリとして知られる《万能鑑定士Q》シリーズや《特等添乗員α》シリーズなどにおいて、その作品世界に相応《ふさわ》しいヒロインを誕生させているし、あるいは《グアムの探偵》シリーズのように三世代の男性ヒーローたちも描いている。そんなヒロイン／ヒーローたちのなかで瑛里華は、やはり武闘派に分類すべき存在だ。

武闘派としての瑛里華の特長は、己の肉体が武器である点にある。基本は徒手空拳。しかしながら、その爪も指も腕も足も、強力無比な武器として機能するのだ。華奢《きゃしゃ》な女子高生という外見から繰り出される手刀や蹴《け》り、あるいは喉《のど》に食い込む爪や指などが相手を次々と倒していく様は痛快無比。そしてその肉体というフィジカルな武器に、機転が加わるのである。そう、松岡圭祐の武闘派ヒロインたちが受け継いできた才能だ。瑛里華を含め、彼女たちは現場にあるものを巧みに活かして、攻撃力を倍加させる。特に瑛里華の場合、この鍛え上げられた肉体と機転の組み合わせが実に魅力的だ。陰惨な事件の一部としての肉弾戦なのだが、その闘いそのものは機能美と洗練を備えていて、読者を魅了してしまう。それこそ、爽快感《そうかいかん》さえ感じさせるほどに。松岡圭祐の武闘派ヒロインに親しんできた方、今回もまたその期待は満足されるのでご安心を。

■JKふたたび？

さて、この『JK』は、同じく女子高生を主人公とし、川崎の高校を舞台に激しい闘いを描いた『高校事変』に始まるシリーズが完結したタイミングで、世に送り出された。シリーズ化されるのかどうかは、本稿執筆時点では不明。読了された方はお判りだろうが、本書は、本書なりにきっちりと終止符が打たれているのである。だが、それは結果的にシリーズ第一巻となった『高校事変』もそうだった（あの『高校事変』の結末から、シリーズがああも発展するとは。特に『高校事変Ⅲ』の展開たるや！）。なので、独立作品としてきれいに完結しているからといって、続篇が存在しないことの根拠とはならない。松岡圭祐とは、そういう作家なのである。

　そんなことを考える理由の一つに、ラストシーンのあと、最終ページで示されたデータがある。警察庁や内閣府が発表したデータで、なんとも冷酷で、なんともやるせない値が示されている。だが、この数字が示す問題を解決するには、この数字を直視するところから始めねばならないというデータだ。そして本書の読者は、すでにその数値を直視しているのである。本書を読み終えたということはすなわち、その数値を、単なる数値としてではなく、体験に等しいものとして胸に深く刻み込んだということだ。巻末のデータによれば、その悪しき状況は改善に向かうのではなく、さらに悪化しつつある。そうした状況であるが故に、著者が『JK』の続篇において、問題提起を続けるのではないかと思ってしまうのだ。エンターテインメントとしてページをめくらせつつ、問題の重さを読者に体感させるかたちで。

　なお、本書において、JKの二文字は女子高生を意味しているわけではない。なにを意味しているかは本書の序盤で語られている。仮に『JK』の続篇が書かれていくとすると、おそらく、その〝JKの法則〟がさらに意味を持つことになるのだろう。そんな予測もするのだが、さて。

本書は書き下ろしです。

JK《ジェーケー》

松岡圭祐《まつおかけいすけ》

令和4年 5月25日 初版発行
令和6年 4月20日 4版発行

発行者●山下直久

発行●株式会社KADOKAWA
〒102-8177 東京都千代田区富士見2-13-3
電話 0570-002-301(ナビダイヤル)

角川文庫 23183

印刷所●株式会社KADOKAWA
製本所●株式会社KADOKAWA

表紙画●和田三造

◎本書の無断複製(コピー、スキャン、デジタル化等)並びに無断複製物の譲渡および配信は、著作権法上での例外を除き禁じられています。また、本書を代行業者等の第三者に依頼して複製する行為は、たとえ個人や家庭内での利用であっても一切認められておりません。
◎定価はカバーに表示してあります。

●お問い合わせ
https://www.kadokawa.co.jp/ (「お問い合わせ」へお進みください)
※内容によっては、お答えできない場合があります。
※サポートは日本国内のみとさせていただきます。
※Japanese text only

©Keisuke Matsuoka 2022 Printed in Japan
ISBN 978-4-04-112591-5 C0193

◆◇◇

角川文庫発刊に際して

角川源義

第二次世界大戦の敗北は、軍事力の敗北であった以上に、私たちの若い文化力の敗退であった。私たちの文化が戦争に対して如何に無力であり、単なるあだ花に過ぎなかったかを、私たちは身を以て体験し痛感した。西洋近代文化の摂取にとって、明治以後八十年の歳月は決して短かすぎたとは言えない。にもかかわらず、近代文化の伝統を確立し、自由な批判と柔軟な良識に富む文化層として自らを形成することに私たちは失敗して来た。そしてこれは、各層への文化の普及滲透を任務とする出版人の責任でもあった。

一九四五年以来、私たちは再び振出しに戻り、第一歩から踏み出すことを余儀なくされた。これは大きな不幸ではあるが、反面、これまでの混沌・未熟・歪曲の中にあった我が国の文化に秩序と確たる基礎を齎らすためには絶好の機会でもある。角川書店は、このような祖国の文化的危機にあたり、微力をも顧みず再建の礎石たるべき抱負と決意とをもって出発したが、ここに創立以来の念願を果すべく角川文庫を発刊する。これまで刊行されたあらゆる全集叢書文庫類の長所と短所とを検討し、古今東西の不朽の典籍を、良心的編集のもとに、廉価に、そして書架にふさわしい美本として、多くのひとびとに提供しようとする。しかし私たちは徒らに百科全書的な知識のジレッタントを作ることを目的とせず、あくまで祖国の文化に秩序と再建への道を示し、この文庫を角川書店の栄ある事業として、今後永久に継続発展せしめ、学芸と教養との殿堂として大成せんことを期したい。多くの読書子の愛情ある忠言と支持とによって、この希望と抱負とを完遂せしめられんことを願う。

一九四九年五月三日

哀しい少女の復讐劇を描いた青春バイオレンス文学

角川文庫

好評既刊

JK Ⅰ〜Ⅲ

／松岡圭祐

ビブリオミステリ最高傑作シリーズ！

好評既刊

écriture《エクリチュール》 新人作家・杉浦李奈の推論 Ⅰ～Ⅵ ／松岡圭祐

角川文庫

史上初、平壌郊外での
殺人事件を描く ミステリ文芸

好評発売中

『出身成分』

著：松岡圭祐

11年前の殺人・強姦事件の再捜査を命じられた保安署員ヨンイルは杜撰な捜査記録に直面。謎の男の存在にたどりつくが自国の姿勢に疑問を抱き始める。国家の冷徹さと個人の尊厳を描き出す社会派ミステリ。

角川文庫

二大ヒーローが躍動する、極上の娯楽巨篇！

好評発売中

『アルセーヌ・ルパン対明智小五郎 黄金仮面の真実』

著：松岡圭祐

生き別れの息子を捜すルパンと『黄金仮面』の正体を突き止めようと奔走する明智小五郎が日本で相まみえる！東西を代表する大怪盗と名探偵が史実を舞台に躍動する、特上エンターテインメント作！

角川文庫

岬美由紀の帰還
12年ぶり完全新作

好評発売中

『千里眼の復活』

著：松岡圭祐

航空自衛隊百里基地から最新鋭戦闘機が奪い去られた。在日米軍基地からも同型機が姿を消していることが判明。岬美由紀はメフィスト・コンサルティングの関与を疑うが……。不朽の人気シリーズ、復活！

角川文庫

復活で全てが動き出した——。

好評発売中

『千里眼　ノン＝クオリアの終焉』

著：松岡圭祐

最新鋭戦闘機の奪取事件により未曾有の被害に見舞われた日本。復興の槌音が聞こえてきた矢先、メフィスト・コンサルティング・グループと敵対するノン＝クオリアの影が世界に忍びよる……。

角川文庫

角川文庫ベストセラー

クラシックシリーズ
千里眼完全版　全十二巻　松岡圭祐

戦うカウンセラー、岬美由紀の活躍の原点を描く『千里眼』シリーズが、大幅な加筆修正を得て角川文庫で生まれ変わった。完全書き下ろしの巻まである、究極のエディション。旧シリーズの完全版を手に入れろ!!

千里眼
The Start　松岡圭祐

トラウマは本当に人の人生を左右するのか。両親との辛い別れの思い出を胸に秘め、航空機爆破計画に立ち向かう岬美由紀。その心の声が初めて描かれる。シリーズ600万部を超える超弩級エンタテインメント!

千里眼
ファントム・クォーター　松岡圭祐

消えるマントの実現となる恐るべき機能を持つ繊維の開発が進んでいた。一方、千里眼の能力を必要としていたロシアンマフィアに誘拐された美由紀が目を開くと、そこは幻影の地区と呼ばれる奇妙な街角だった——。

千里眼の水晶体　松岡圭祐

高温でなければ活性化しないはずの旧日本軍の生物化学兵器。折からの気候温暖化によって、このウィルスが暴れ出した! 感染した親友を救うために、岬美由紀はワクチンを入手すべくF15の操縦桿を握る。

千里眼
ミッドタウンタワーの迷宮　松岡圭祐

六本木に新しくお目見えした東京ミッドタウンを舞台に繰り広げられるスパイ情報戦。巧妙な罠に陥り千里眼の能力を奪われ、ズタズタにされた岬美由紀、絶体絶命のピンチ! 新シリーズ書き下ろし第4弾!

角川文庫ベストセラー

千里眼の教室　松岡圭祐

我が高校国は独立を宣言し、主権を無視する日本国へは生徒の粛清をもって対抗する。前代未聞の宣言の裏に隠された真実に岬美由紀が迫る。いじめ・教育から心の問題までを深く抉り出す渾身の書き下ろし！

千里眼 堕天使のメモリー　松岡圭祐

『千里眼の水晶体』で死線を超えて蘇ったあの女が東京の街を駆け抜ける！　メフィスト・コンサルティングの仕掛ける罠を前に岬美由紀は人間の愛と尊厳を守り抜けるか!? 新シリーズ書き下ろし第6弾！

千里眼 美由紀の正体（上）（下）　松岡圭祐

親友のストーカー事件を調べていた岬美由紀は、それが大きな組織犯罪の一端であることを突き止める。しかし彼女のとったある行動が次第に周囲に不信感を与え始めていた。美由紀の過去の謎に迫る！

千里眼 シンガポール・フライヤー（上）（下）　松岡圭祐

世界中を震撼させた謎のステルス機・アンノウン・シグマの出現と新種の鳥インフルエンザの大流行。一見関係のない事件に隠された陰謀に岬美由紀が挑む。F1レース上で繰り広げられる猛スピードアクション！

千里眼 優しい悪魔（上）（下）　松岡圭祐

スマトラ島地震のショックで記憶を失った姉の、莫大な財産の独占を目論む弟。メフィスト・コンサルティングのダビデが記憶の回復と引き替えに出した悪魔の契約とは？　ダビデの隠された日々が、明かされる！

角川文庫ベストセラー

千里眼 キネシクス・アイ（上）（下）　松岡圭祐

突如、暴風とゲリラ豪雨に襲われる能登半島。災害はノン＝クオリアが放った降雨弾が原因だった!! 無人ステルス機に立ち向かう美由紀だが、なぜかすべての行動を読まれてしまう……美由紀、絶体絶命の危機!!

万能鑑定士Qの事件簿 0　松岡圭祐

舞台は2009年。匿名ストリートアーティスト・バンクシーと漢委奴国王印の謎を解くため、凜田莉子がもういちど帰ってきた！ シリーズ10周年記念、完全新作。人の死なないミステリ、ここに極まれり！

万能鑑定士Qの事件簿（全12巻）　松岡圭祐

23歳、凜田莉子の事務所の看板に刻まれるのは「万能鑑定士Q」。喜怒哀楽を伴う記憶術で広範囲な知識を有す莉子は、瞬時に万物の真価・真贋・真相を見破る！ 日本を変える頭脳派新ヒロイン誕生!!

万能鑑定士Qの推理劇 I　松岡圭祐

天然少女だった凜田莉子は、その感受性を役立てるすべを知り、わずか5年で驚異の頭脳派に成長する。次々と難事件を解決する莉子に謎の招待状が……面白くて知恵がつく、人の死なないミステリの決定版。

万能鑑定士Qの推理劇 II　松岡圭祐

ホームズの未発表原稿と『不思議の国のアリス』史上初の和訳本。2つの古書が莉子に「万能鑑定士Q」閉店を決意させる。オークションハウスに転職した莉子が2冊の秘密に出会った時、過去最大の衝撃が襲う!!

角川文庫ベストセラー

万能鑑定士Qの推理劇　III　松岡圭祐

「あなたの過去を帳消しにします」。全国の腕利き贋作師に届いた、謎のツアー招待状。凜田莉子に更生を約束した錦織英樹も参加を決める。不可解な旅程に潜む巧妙なる罠を、莉子は暴けるのか!?

万能鑑定士Qの推理劇　IV　松岡圭祐

「万能鑑定士Q」に不審者が侵入した。変わり果てた事務所には、かつて東京23区を覆った〝因縁のシール〟が何百何千も貼られていた！　公私ともに凜田莉子を激震が襲う中、小笠原悠斗は彼女を守れるのか!?

万能鑑定士Qの探偵譚　松岡圭祐

波照間に戻った凜田莉子と小笠原悠斗を待ち受ける新たな事件。悠斗への想いと自らの進む道を確かめるため、莉子は再び「万能鑑定士Q」として事件に立ち向かい、羽ばたくことができるのか？

万能鑑定士Qの謎解き　松岡圭祐

幾多の人の死なないミステリに挑んできた凜田莉子。彼女が直面した最大の謎は大陸からの複製品の山だった。しかもその製造元、首謀者は不明。仏像、陶器、絵画にまつわる新たな不可解を莉子は解明できるか。

万能鑑定士Qの短編集　I　松岡圭祐

一つのエピソードでは物足りない方へ、そしてシリーズ初読の貴方へ送る傑作群！　第1話 凜田莉子登場／第2話 水晶に秘めし詭計／第3話 バスケットの長い旅／第4話 絵画泥棒と添乗員／第5話 長いお別れ。

角川文庫ベストセラー

万能鑑定士Qの短編集 II　松岡圭祐

「面白くて知恵がつく人の死なないミステリ」、夢中で楽しめる至福の読書！　第1話 物理的不可能／第2話 雨森華蓮の出所／第3話 見えない人間／第4話 賢者の贈り物／第5話 チェリー・ブロッサムの憂鬱。

特等添乗員αの難事件 I　松岡圭祐

掟破りの推理法で真相を解明する水平思考に天性の才を発揮する浅倉絢奈。中卒だった彼女は如何にして閃きの小悪魔と化したのか？　鑑定家の凜田莉子、『週刊角川』の小笠原らとともに挑む知の冒険、開幕!!

特等添乗員αの難事件 II　松岡圭祐

水平思考―ラテラル・シンキングの申し子、浅倉絢奈。今日も旅先でのトラブルを華麗に解決していたが……聡明な絢奈の唯一の弱点が明らかに！　香港へのツアー同行を前に輝きを取り戻せるか？

特等添乗員αの難事件 III　松岡圭祐

凜田莉子と双璧をなす閃きの小悪魔こと浅倉絢奈。水平思考の申し子は恋も仕事も順風満帆……のはずが今度は壱条家に大スキャンダルが発生!!〝世間〟すべてが敵となった恋人の危機を絢奈は救えるか？

特等添乗員αの難事件 IV　松岡圭祐

ラテラル・シンキングで0円旅行を徹底する謎の韓国人美女、ミン・ミヨン。同じ思考を持つ添乗員の絢奈が挑むものの、新居探しに恋のライバル登場に大わらわ。ハワイを舞台に絢奈はアリバイを崩せるか？

角川文庫ベストセラー

特等添乗員αの難事件 V　松岡圭祐

〝閃きの小悪魔〟と観光業界に名を馳せる浅倉絢奈に1人のニートが恋をした。男は有力ヤクザが手を結ぶ一大シンジケート、そのトップの御曹司だった‼ 金と暴力の罠を、職場で孤立した絢奈は破れるか？

特等添乗員αの難事件 VI　松岡圭祐

閃きのヒロイン、浅倉絢奈が訪れたのは韓国ソウル。到着早々に思いもよらぬ事態に見舞われる。ラテラル・シンキングを武器に、今回も難局を乗り越えられるか⁉ この巻からでも楽しめるシリーズ第6弾！

グアムの探偵　松岡圭祐

グアムでは探偵の権限は日本と大きく異なる。政府公認の私立調査官であり拳銃も携帯可能。基地の島でもあるグアムで、日本人観光客、移住者、そして米国軍人からの謎めいた依頼に日系人3世代探偵が挑む。

グアムの探偵 2　松岡圭祐

職業も年齢も異なる5人の男女が監禁された。その場所は地上100メートルに浮かぶ船の中！（「天国へ向かう船」）難事件の数々に日系人3世代探偵が挑む、全5話収録のミステリ短編集第2弾！

グアムの探偵 3　松岡圭祐

スカイダイビング中の2人の男が空中で溶けるように混ざり合い消失した！ スパイ事件も発生するグアムで日系人3世代探偵が数々の謎に挑む。結末が全く予想できない知的ミステリの短編シリーズ第3弾！

角川文庫ベストセラー

高校事変　松岡圭祐

武蔵小杉高校に通う優莉結衣は、平成最大のテロ事件を起こした主犯格の次女。この学校を突然、総理大臣が訪問することに。そこに武装勢力が侵入。結衣は、化学や銃器の知識や機転で武装勢力と対峙していく。

高校事変 II　松岡圭祐

女子高生の結衣は、大規模テロ事件を起こし死刑になった男の次女。ある日、結衣と同じ養護施設の女子高生が行方不明に。彼女の妹に懇願された結衣が調査を進めると暗躍するJKビジネスと巨悪にたどり着く。

高校事変 III　松岡圭祐

平成最悪のテロリストを父に持つ優莉結衣を武装集団が拉致。結衣が目覚めると熱帯林の奥地にある奇妙な〈学校村落〉に身を置いていた。この施設の目的は？日本社会の「闇」を暴くバイオレンス文学第3弾！

高校事変 IV　松岡圭祐

中学生たちを乗せたバスが転落事故を起こした。過酷な幼少期をともに生き抜いた弟の名誉のため、優莉結衣は半グレ集団のアジトに乗り込む。恐怖と暴力が支配する夜の校舎で命をかけた戦いが始まった。

高校事変 V　松岡圭祐

優莉結衣は、武蔵小杉高校の級友で唯一心を通わせた濱林澪から助けを求められる。非常手段をも辞さない公安警察と、秩序再編をもくろむ半グレ組織。新たな戦闘のさなか結衣はあまりにも意外な敵と遭遇する。

角川文庫ベストセラー

高校事変 Ⅵ　松岡圭祐

クラスメイトからいじめの標的にされた結衣は、修学旅行中にホテルを飛び出した。沖縄の闇社会を牛耳る反社会勢力と、規律を失い暴走する民間軍事会社。いつしか結衣は巨大な抗争の中心に投げ出されていた。

高校事変 Ⅶ　松岡圭祐

新型コロナウイルスが猛威をふるい、センバツ高校野球大会の中止が決まった春。結衣が昨年の夏の甲子園で、ある事件に関わったと疑う警察が事情を尋ねにきた。半年前の事件がいつしか結衣を次の戦いへと導く。

高校事変 Ⅷ　松岡圭祐

心機一転、気持ちを新たにする始業式……のはずが、結衣と同級の男子生徒がひとり姿を消した。その裏には、田代ファミリーの暗躍が――。深夜午前零時を境に、生きるか死ぬかのサバイバルゲームが始まる！

高校事変 Ⅸ　松岡圭祐

優莉結衣と田代勇次――。雌雄を決するときがついに訪れた。血で血を洗う抗争の果て、2人は壮絶な一騎討ちに。果たして勝負の結末は？　JK青春ハードボイルド文学の最高到達点！

高校事変 Ⅹ　松岡圭祐

『探偵の探偵』の市村凜は、凜香の実母だった。これまで隠されていた真相が明らかになる。一方、国際交流でホンジュラスを訪れていた慧修学院高校3年が武装勢力に襲撃される。背後には〝あの男〟が！